à Ja[illegible]
à Jo[illegible]
à vos [illegible]
ce livre de [illegible]oire
où les personnages
ressemblent à des
personnes rencontrées -
Je vous embrasse
fort !

Elisabeth Fabre Groelly

Bouc, Noël 22

Élisabeth Fabre Groelly

Accordements

Une valse en trois temps

Récit historique

ISBN : 979-10-388-0158-5
Collection : Hors-Temps
ISSN : 2111-6512
Dépôt légal : juin 2021

Éditions Ex Æquo
6 rue des Sybilles
88370 Plombières Les Bains

www.editions-exaequo.com

AVANT PROPOS

Ceci est un récit de fiction qui choisit l'Histoire comme toile de fond ; qui veut parler aussi de l'histoire véritable d'hommes qui la traversent inexorablement.

Si les personnages du récit sont une création littéraire, les soldats de la guerre, les vrais, ceux qui vivent sous d'autres noms ici, resteront inscrits dans notre pensée. Comme le seront aussi désormais cette aquarelle, *Le piano de Brégy* et son auteur Georges Bruyer, soldat sur le front de septembre 1914.

Les lieux existent, modifiés cependant par le travail de l'écriture. Les situations, réellement vécues un jour du passé, sont transposées ici, parfois remaniées, grâce à cet acte-là.

À la mémoire de Antoine Gide et de Marius Fabre,
mes deux poilus de grands-pères.

Mais aussi, à la mémoire d'Arthur Stanners,
soldat britannique et inlassable conteur.

Et toujours, à la mémoire du soldat inconnu
dont on se souviendra qu'un jour
il a été un homme…

La génération qui a subi se tait.
La seconde supporte ce silence.
C'est la troisième qui retrouve une parole.

Stéphane Audoin-Rouzeau, historien

PRÉFACE DE CLARA

Boris Cyrulnik dit qu'après une crise, on repart comme avant, mais qu'après une catastrophe, on trouve d'autres voies. Les guerres et le coronavirus furent des catastrophes…

Je suis née fille avec le prénom Clara. J'ai 27 ans.

Pas mariée du tout, mais pas pie-grièche ni vieille pie non plus.

J'ai terminé ma thèse sur Bach, rien d'original. « Où peuvent te mener des études de musicologie ? » C'était ce que j'entendais autour de moi. Je serai professeur à vie. Mais je l'ai choisi et mon rôle d'éducateur me convient.

J'enseigne le hautbois au conservatoire. Au-dehors, je donne aussi des cours d'accordéon, car on l'oublie trop, cet instrument qui sait parler de toutes les souffrances des hommes, ils en ont tant. Un compagnon de joie qui aime les fêtes aussi.

J'ai l'espoir en moi, mais sur moi, je n'ajouterai rien d'autre sauf peut-être que je suis sortie vivante de l'épreuve du Coronavirus version 2020, grâce à l'enfermement.

J'ai bien dit enfermement.

J'ai arrêté alors, comme le plus grand nombre, toutes mes activités et j'ai commencé à vivre dans la maison de ma grand-mère, celle d'ici qui m'a élevée. Revoyez les sens du verbe élever et vous comprendrez…

Une grande maison, qui regarde au sud et qui a été posée dans un jardin immense et boisé, lequel jardin surplombe une plaine et sait voir au-delà d'elle, les collines et les rochers du Pilon du Roy qui ferment le paysage.

Une ancienne ferme de famille, qu'on laissait fermée, alors je l'ai investie dans ce temps d'arrêt total de toutes les activités qui, par intermittence, dura des mois.

Ma grand-mère m'avait appris à vivre de peu, à réduire les exigences d'un monde qui nous impose des diktats qui s'infiltrent en nous, malgré nous. J'ai vécu ce temps de l'année 2020 en autarcie complète. Mes parents ont continué leur vie de cloportes et c'est mon frère qui, tout ce temps de « non-vie » – c'est son mot à lui, qui enrageait devant la situation – me déposait ce qu'il me fallait pour ma semaine, derrière le portail qui grince depuis toujours, parce que personne ne veut le lubrifier ; le fer couine et sa plainte m'annonce la vie du dehors. Mes parents me téléphonaient, assez souvent, mes cousins aussi, juste pour vérifier si je ne me laissais pas aller. Ma sœur, elle, se protégeait en vase clos, avec, en elle, la peur de tout et de tous depuis longtemps.

La maison de la mère de ma mère a des caves en terre battue, une citerne qui me faisait peur, enfant : « Ne t'approche jamais, c'est un grand trou plein d'eau d'où tu ne pourras pas ressortir ! » C'est ce qu'on me disait. Puis j'ai grandi, je suis allée voir du côté de la citerne… Grand-mère me montrait ce qu'il fallait faire de temps en temps ; laisser tomber le grand seau en fer très lourd jusqu'au fond, puis le faire remonter plein d'eau, plusieurs fois et rejeter l'eau « pour que la toile ne se forme pas. Ne le fais jamais seule, que si tu tombais… » La citerne était en forme de puits et l'eau se répandait, dans un bassin, je crois, sous la dalle de la cave ; il y avait de la bonne eau de pluie, claire, pas souillée. Il fallait en ajouter l'été, de l'eau, car elle s'évaporait. Je l'avais toujours bue, les anciens la buvaient et ils n'étaient pas malades, moi non plus. J'ai cessé de le faire au mois de mars 2020, car les nouvelles étaient effroyables, il fallait prendre des précautions partout et en tous lieux.

L'enfermement dans la maison de ma grand-mère était supportable. Elle était partie pour toujours, ma grand-mère, pas la maison, en 2017, et c'est à moi que, longtemps avant sa fin, elle avait demandé de trier, classer, choisir ou jeter ses affaires, le jour où elle ne serait plus là ; à ma sœur et à moi, à ma cousine si elle le voulait. Mais les filles n'avaient pas souhaité le faire pour des raisons qui n'en étaient pas ; quant à mon frère, il s'en fichait un peu, de toutes les vieilleries des anciens. J'avais donc commencé, seule, cette tâche terrible de l'héritage de ceux que nous avons chéris.

Je reviens sur l'enfermement, car c'est un état que Grand-mère elle-même avait connu et plutôt bien ; ses « retraites monastiques », c'était son expression… Une démarche qui lui attirait des remarques moqueuses de sa famille ou des grimaces critiques de ses amies… Une année, elle partait… À Bose, dans le Piémont italien, une autre fois, c'était Venise, à San Francesco, sur une île de la lagune[1]*, ou, plus près, chez les Trappistines de Blauvac ; rien ni personne ne pouvait l'arrêter… Enfermement voulu, confinement cependant ; face à elle-même, à ne plus parler pendant des jours sauf avec la sœur hôtelière ou le moine des retraitants. Elle s'y habituait. Si elle priait ? Je dirais que non, pour le souvenir que je garde de l'aïeule, du sens critique aigu qui était le sien devant les croyances des hommes.*

– Mais tu faisais quoi, enfermée et pourquoi tu voulais t'éloigner de nous ?

Ce n'était pas ma question, mais celle de ma mère agacée de ne pouvoir comprendre son choix. Enfermée, ne jouissant de rien, comme une moniale en clôture, comme celles, uniformes silhouettes voilées, qu'elle apercevait le soir, à Complies. Laconique, elle répondait :

– La pensée seule et toutes les possibilités inépuisables qui en découlent pourvu que le silence soit avec toi.

Trier les affaires et les documents d'une vie, et en plus qui ne nous appartiennent pas, n'est pas une chose facile. Mais, j'avais le temps dans cette période de confinement extrême et aussi la volonté de continuer ce long travail entrepris dès la fin 2017, volonté doublée d'une bonne dose de curiosité ; je devais bien à ma grand-mère cet effort qui, finalement, n'en fut pas un… car je l'aimais, cette vieille originale.

On l'appelait Zabé, pour Isabelle sur l'état civil, un prénom qu'elle n'aimait pas. Zabé avait un côté caprin disait son père parce qu'elle ne suivait aucune règle dictée par autrui et n'obéissait à per-

---

[1] San Francesco del Deserto, lagune de Venise ; Blauvac, Comtat Venaissin.

sonne, surtout pas à lui. Ses amis l'appelaient aussi Bé (les hommes surtout) ou Isobel, qui lui venait de ses amis anglais. Je l'ai appelée Zabé tout de suite, une entente immédiate entre nous, en somme, car de moi, elle acceptait tout plus volontiers.

Quand on ne cherche pas, on découvre forcément des objets ou des documents étranges. Dans la maison de Zabé, quand il a fallu se décider à le faire, j'avais vidé, trié, classé, jeté, même si je n'aimais pas ce débarras post-mortem. Trouvé aussi… Ah, là, dans les trois caves en terre battue, il y avait matière… J'y ai remué, déplacé, replacé, mis de côté des caisses et des cartables, des cartons à dessins et des cartons tout court, puis des photos, certaines commentées, heureusement ; des lettres qui mettraient, bout à bout, une bonne année pour être assimilées et reliées aux photos retrouvées. J'ai procédé à ce travail de fourmi, quand j'avais un peu de temps, depuis la disparition de ma grand-mère. Encore et encore. Dans la pénombre des caves de Zabé, je me suis armée de patience courageuse pour affronter à nouveau le passé des miens, mais pas seulement le passé de ceux-là ; d'autres femmes, d'autres hommes s'étaient débattus comme je le faisais moi-même, évoluant dans des époques troublées, bouleversées et qui laisseraient des marques.

Les photos de ces temps anciens, à la charnière des dix-neuvième et vingtième siècles et jusqu'après la Deuxième Guerre, montraient des visages lisses qui ne pensaient pas, qui ne souffraient pas, qui ne pleuraient pas, qui ne déparlaient pas… Pourtant ils pouvaient avoir dénoncé, trahi, ces individus que je ne connaissais pas ; tué peut-être, mais rien de leurs bassesses ne transparaissait sur les visages et les corps des photos. C'est comme ça, la généalogie. Je ne saurai jamais que très peu de choses sur la vie de la plupart d'entre eux. Par exemple, sur celui qui fait le geste avec le bras tendu, est-il de la milice de Vichy ou tient-il un pistolet ? Sa main n'apparaît pas sur la photo. Et sur ces deux-là qui se cherchent du regard au-dessus de la mêlée d'un repas du dimanche, sont-ils déjà amants ? Et encore sur ce petit garçon qui revient sur toutes les photos de l'enveloppe jaune avec, dessus, la graphie de ma grand-mère ?...

***Bédarieux**, ne pas séparer les photos, s'il vous plaît !*

D'elle, confectionnés de ses mains, il restait des albums, nombreux jusqu'à ma naissance ; après, elle s'était détournée de ses photos de papier, bien classées pourtant, absorbée qu'elle était, dans la dernière partie de sa vie, par la facilité du numérique qui les avait remplacées et qui lui plaisait.

Je m'étais d'abord colletée avec ses carnets, des dizaines de cahiers de brouillon, tous écrits au crayon gras ; la mine de plomb nue vaut bien une plume d'encre, car, à la gomme, ça ne s'efface plus, essayez donc ; il reste la trace bien visible de ce qui a été écrit, comme une gravure.

Les cahiers, datés à chaque ligne, parlaient souvent de personnages politiques et du monde, de ceux, ensuite, qui faisaient son décor habituel et de chacun de nous, personnes de sa famille ; figuraient ses remarques objectives qui glissaient vite, par le trait appuyé, vers la dérision ; une saison, un fait divers, une décision municipale… Son jugement portait sur tout, en formules caustiques, en portraits au scalpel, en poèmes courts à la Voltaire qui égratignait Fréron[2]*… Pas aigre du tout, pourtant, la vieille dame qui ne l'avait pas toujours été, vieille, mais un rapace au regard acéré, ça oui.*

Ce qui fait l'objet de ce récit ce sont les deux grands cahiers ficelés avec du raphia dédoublé.

De longs carnets noirs de comptabilité, épais comme si la vie des comptes devait durer pour les siècles et les siècles, mais pas faits du tout pour l'écriture. Récupération dans les documents d'un grand-oncle bijoutier. Ma grand-mère était têtue, elle avait des choses à raconter ; elle les avait adoptés, ces cahiers inconfortables où elle pouvait écrire très gros, sur les pages de comptes de l'ancien qu'elle n'avait pas arrachées. Elle avait raturé la première page, plusieurs fois ; des mots dans des titres fantaisistes. Le dernier s'appelait Accordements *et, au-dessous, en tout petit, trois sous-titres :* Polka, Pas de deux *et aussi* Une Valse à trois temps. *Elle a finalement choisi le dernier en hésitant sur le* **à** *trois temps ou* ***en***

[2] Trait satirique de Voltaire :
L'autre jour au fond d'un vallon, / Un serpent piqua Jean Fréron. / Que croyez-vous qu'il arrivât ? / Ce fut le serpent qui creva.

trois temps ; aucun n'était barré, j'ai pris la liberté de maintenir le second.

À sa mort, devant l'ampleur du travail de tri qui allait être le mien dans les caves, j'étais tombée sur ces carnets. À l'intérieur, un récit que j'avais lu alors avec émotion, et que j'avais aujourd'hui le temps de relire, après avoir mené moi-même un travail de recherches et de déplacements, car le texte de Zabé m'avait incitée à le faire. Le contenu de cette quête personnelle, je l'ai glissé à la fin du récit de ma grand-mère, en postface.

Le voici donc, ce texte, qu'elle raconte au fil de ces deux cahiers noirs ; il est intact, avec ses ratures à elle, ses rages, ses pages barrées d'une croix ; il est comme elle l'a écrit elle-même. De la véracité des faits, ne doutez pas ; j'ai vérifié la plupart des éléments mentionnés ; ils sont justes. Il y a le récit qui, basé sur le souvenir, peut être faillible, mais l'Histoire, elle, vous dira que ma grand-mère n'affabulait pas. Il reste, en Angleterre, une vieille dame délicieuse au grand âge, qui m'a raconté assez fidèlement, ce que Accordements nous livre. Elle est concernée d'une certaine manière par les faits, que Zabé mentionne dans son récit...

Il fallait, pour pouvoir, éventuellement, proposer ce manuscrit à un éditeur, définir son contenu après le titre. Roman ou récit ? Le second m'est apparu plus juste pour son aspect linéaire et parce que l'histoire des hommes dans la guerre est factuelle ; l'intervention de la fiction est limitée aux personnages.

Les histoires racontées ressemblent presque à des secrets de famille, mais, de secret, pour Zabé, il ne devait jamais en exister aucun. Elle parlait moins d'elle que de ces hommes qu'elle avait connus et, pour deux d'entre eux, chéris, à des époques de sa vie. Pourtant, ni la famille ni elle-même ne m'ont jamais rien raconté de ces événements consignés à l'écrit. La trace d'un passé, qui aurait sûrement disparu sans cette demande-supplique de Zabé de faire le tri de ses affaires après sa mort.

Ce temps de confinement, qui a été le nôtre en 2020, m'a permis de porter au grand jour, plus que des éléments de vie, des moments vécus de notre Histoire commune.

Clara Feuillade, janvier 2021

Ici commence le récit de ma grand-mère maternelle, Isabelle Eyriès, dite Zabé ; un texte qu'elle a écrit entre 1978 et 1981…

AVERTISSEMENT

Ceci n'est pas un autre texte sur la Première Guerre. Non...

S'il l'est, je me serais trompée.

Plutôt un sursaut de vie dans ce que fut l'enfer que nous savons. Presque un détail joli, sauf que c'était la guerre et qu'elle en était à ses débuts.

Au prochain siècle, dans quelques années en somme, en 2014 et encore après, il y aura des commémorations importantes autour de la Grande Guerre, et puis on n'en parlera plus, de longtemps, peut-être plus jamais, sauf si l'on est spécialiste de l'époque, historien ou étudiant en histoire. Les guerres, les combats et la mort sous les armes déployées se sont banalisés ; et, même si l'on veut savoir les faits et les conséquences, cela sera oublié dans le temps suivant. L'on s'en détournera, agacé...

Encore la guerre... Continuent à me dire même ceux de ma génération, nés pourtant pendant le dernier conflit mondial ou juste après.

Ce n'est plus tendance du tout d'écrire sur le sujet, même si les guerres sont à répétition depuis.

Ensuite, je dirais que j'ai souvent entendu la phrase *Une fille, qu'est-ce que ça peut comprendre de la guerre ?* Alors, patiemment, on la transforme en garçon, la petite-fille, et la guerre, elle, en histoire à rebondissements à raconter aux enfants. C'est comme ça que filles et garçons s'en souviennent.

Obstinée, il me plaît donc de raconter une histoire à hauteur d'hommes et de mettre l'accent sur des détails qui les concernent et me concernent aussi. Et sur quelques hommes, pas célèbres du tout.

Des hommes tout de même... C'est aussi cela notre Histoire.

Isabelle Eyriès. (Zabé)
Le Crêt, de 1978 à 1981.

LA MERVEILLE DE LA MUSIQUE,
C'EST DE N'ÊTRE QUE MOUVEMENT,
C'EST COMME L'EAU QUE L'ON REGARDE
ET TOUT Y BOUGE VAGUEMENT…

Canon. Louis Aragon/ Marcel Corneloup.

I – CECIL
Années 1950

En 1955, je m'étais trouvée, comme beaucoup d'entre nous, petits lycéens français de l'époque, dans une famille anglaise chez qui, seule, dans ma solitude d'adolescente, je devais progresser dans l'apprentissage de la langue anglaise et, au bout de ces séjours répétés, maîtriser celle-ci sans effort.

C'était ce que pensait ma mère, vexée, à la libération, de ne pas comprendre ce que lui disaient ces séducteurs d'Américains, et surtout ce solide GI à la peau sombre, que son père avait accueilli chez eux en même temps que d'autres jeunes garçons de ses amis, à la libération de Marseille et encore après, je crois.

J'ai compris, plus tard, que mon père n'avait aucune sympathie, ni pour lui ni pour aucun de ces jeunes Américains d'alors, quand ma mère reparlait d'eux.

Son père à elle, Antoine, mon grand-père donc, citoyen du monde avant l'heure, se fichait des remarques de son beau-fils ; Antoine baragouinait l'anglais, mais pouvait tout aborder et il se faisait finalement bien comprendre.

C'était donc dans la famille d'un ami anglais, qu'Antoine avait connu au début de la Première Guerre, que j'allais passer, dès l'adolescence et chaque année, mes vacances d'été et quelquefois celles de Pâques.

Envoyer ses enfants en Angleterre était devenu une pratique de l'après-guerre, la deuxième, j'entends, pour mieux apprendre une langue dont on avait su pendant les quatre années de la Seconde Guerre, qu'elle n'était pas facile, et perçu l'imminente nécessité de s'en approcher au plus vite, j'insiste. Ainsi parlait toute ma famille, à l'exception de mon père, je le répète, qui était jaloux et vexé d'être isolé et en désaccord avec la décision de me laisser partir.

La journée, quand j'étais en Angleterre, je la passais donc, les premiers temps, en partie à l'école primaire où Marga enseignait, et plus tard, en étude, à l'école secondaire. En partie aussi, sur les chemins de la campagne du Sussex qui s'échappaient en landes et sur des kilomètres, derrière la maison, en compagnie du grand-père de ma famille anglaise. J'avais quitté le mien, de grand-père, qui me racontait inlassablement sa guerre, pour rejoindre cet homme, de quelques années de moins que lui, mais qui avait vécu les mêmes événements. Ceux de la Grande Guerre.

Cecil Chapman était anglais et il avait combattu en France, très tôt, souvent et longtemps. Aussi bavard que mon grand-père, il s'était mis en tête de me raconter les combats qui avaient été les siens, en complément, disait-il, de ce que m'avait sans doute expliqué mon aïeul.

Je retrouvais Cecil chaque année et, quand, à 18 ans, j'eus terminé mon année universitaire en anglais, Cecil, jugeant ma compréhension de la langue anglaise bien meilleure, commença à me livrer son passé de jeune soldat dans la guerre. Son parcours d'homme aussi. À soixante ans, on n'est pas un vieil homme ; mais la maturité est là, qui fait que la vie passée et les souvenirs douloureux se sont décantés ; jusqu'à aller se fourrer sur le bout de langue, pour les plus tenaces, et alors, quand on parle, on ne va plus s'arrêter ; un peu comme le sang qui sort de la bouche d'un tué en un jet d'une force redoutable… Car il est question de sang, justement.

J'avais pris des notes, les années précédentes, pour les livrer à mon grand-père ; pour que celui-ci m'expliquât mieux les fronts, mais surtout pour l'épater, car j'avais enfin, moi aussi, une histoire à lui raconter ; et je m'étais glissée entre les deux soldats, au creux de leurs souvenirs. Je commençai alors à rédiger mon carnet de route *(log-book,* comme le disait Cecil*)*, en reprenant les notes de mes séjours successifs.

Cecil m'avait déjà, dès le premier été, parlé de la France de ses années de jeunesse chez nous.

D'abord, de la France. Pour convoquer le passé avec moi, la petite Française ; moins par sollicitude que par désir, avec mon aide, dans la langue et dans ma bonne connaissance, supposée par lui, de mon pays. Je ne savais que très peu de choses, mais il me trouvait attentive. Je l'écoutais, le jeune soldat Kitchener[3] qu'il redevenait quand les vieux fantômes l'animaient. J'étais le sol français, les camarades de son unité, la langue qu'il entendait alors, ce pays lointain qu'il fallait défendre parce que l'Entente en était l'enjeu. *Je ferai de mon mieux,* avait dit French à Joffre[4] quand ce dernier l'avait appelé.

Moi seule, l'adolescente française ingénue, ayant si peu étudié cette guerre-là, une petite-fille, en somme, j'avais l'oreille suffisamment attentive à ses témoignages d'homme, qui, un jour, s'était mis à pleurer, presque contre moi, les amis perdus, les blessures, les secrets et les mots qui n'avaient jamais pu s'échapper de son être blessé. Et que la vie longue qui avait été la sienne n'avait pas réussi à effacer. Pourtant, c'était rarement son parcours à lui qu'il me racontait ; ni ce qu'il était alors ni ce qu'il était chargé de faire sur les fronts français de la Marne et plus tard en 1916, sur ceux de la Somme.

---

[3] Le ministre de la Guerre, Lord Kitchener, recrute en masse des soldats, dès août 1914, car le service obligatoire n'existe pas encore. Souvent les hommes sont très jeunes.

[4] French est un général anglais à la tête du Corps expéditionnaire britannique, et Joffre le général français pendant la bataille de la Marne de septembre 1914.

Histoire de Cecil

Engagé à 17 ans dès les premiers enrôlements, Cecil Chapman, né citoyen britannique du British Empire, avait été envoyé en France avec le corps expéditionnaire britannique, dès 1914, soutenir les Français sur la Marne, et pour rester en France de longs mois, en 1915, sur le front du Nord qui risquait d'être une faille et donc un passage aisé dans les plans des forces de la triple alliance[5]. Le soldat Chapman devait à cette guerre des hommes, un bras immobile, une immense étoile dans le thorax déchiré et recousu maintes fois qu'il m'avait montrée dans un moment d'émotion partagée ; une main atrophiée aussi. Il parlait peu de ces blessures, car il estimait avoir eu de la chance puisqu'il cheminait encore à mes côtés aujourd'hui.

J'avais appris de lui sa chanson favorite, *The old barbed wire,* qu'en marchant – nous le faisions tous les jours quand je n'allais pas à l'école avec Marga – depuis Church Lane jusque sur les hauteurs des Downs[6], il chantait et me la faisait chanter, rageur, à tue-tête. Cecil Chapman, le jeune Tommy, le grand adolescent en colère et déterminé d'alors qu'il redevenait grâce à mes questions…

If you want to find the general
I know where he is…
Pinning another medal on his chest
If you want to find the private
I know where he is
He's hanging on the old barbed wire
Hanging on the old barbed wire…[7]

---

[5] Bien distinguer, en 1914, la triple Entente (France, Russie, Royaume-Uni) et la Triple-Alliance (Allemagne, Autriche-Hongrie).
[6] Le Weald et les Downs désignent le même lieu géographique.
[7] Si tu veux voir le général, je sais où le trouver ; on est en train de le décorer. / Si tu veux voir le soldat, je sais où le trouver ; en train d'agoniser sur les barbelés.

Je me souviens parfaitement aujourd'hui encore de la mélodie lancinante et des phrases aussi ; même si je ne parviens pas à bien traduire le message à celui qui m'écoute ; j'explique banalement qu'au fond celui qui y est resté, pendu aux barbelés, la main crispée dans le dernier spasme et comme une proie offerte aux corbeaux, c'est le soldat de la base ; ceux qui le dirigeaient, buvaient à l'abri en attendant les médailles. C'était ce que disait Cecil rageur revoyant ses vieux poteaux[8] (old chums) tomber, s'écrouler dans un combat inégal, pour s'affaisser à ses côtés.

Il ne lui restait que les mots des autres pour me le dire et je ne comprenais pas toujours ceux qu'il utilisait, car cet anglais-là, on ne l'apprend jamais, sauf peut-être plus tard à l'université... Mais alors, on nous parle des grands, jamais des petits.

De la guerre des siens qui fut la guerre des nôtres, Cecil en connaissait les détails scrupuleux ; il les avait vécus de l'intérieur. Puis, il s'était fait son université à lui, pendant la vie qui avait suivi sa survie après les fronts. Des cours du soir pour accéder à l'hôpital. Infirmier, ensuite.

Se documentant toujours sur les souffrances des hommes et progressant sans relâche dans la charge qu'on lui confiait.

Si j'ai la même rage, en me souvenant, que celle qu'il avait alors quand il lançait ces paroles terribles en me racontant son parcours sur les fronts de l'armée, c'est qu'aujourd'hui, je les comprends mieux dans leurs mots et dans la réalité de l'histoire.

Mais il me faut revenir à ces conversations des promenades qui étaient les nôtres.

— *'Sobel, tu sais pourquoi je me suis engagé ?*

Il parlait en questions, une manière à lui de ne pas m'importuner ou peut-être de vérifier que je le suivais toujours sans me lasser ; et qu'il n'y avait pas de complaisance de

[8] Poteau, ici, signifie camarade, en langue populaire de l'époque.

ma part. Je ne crois pas qu'il y en ait eu. Je peinais avec la langue anglaise, mais son récit m'intéressait véritablement.

– *Mon nom, mon nom seul ! Cecil Chapman, CC, got it, gal ?*[9]

CC… Au lycée, en France, on n'apprend pas le mot ; *a sissy*, une poule mouillée, une femmelette. On l'avait toujours affublé, Cecil, de cette appellation qu'il ne pouvait pas accepter. Il montrerait toujours qu'il n'en était pas une, juste à cause de la scansion de ses initiales[10] qui incitait les autres garçons à se moquer de lui ! Et avec l'appellation, il avait aussi cherché à comprendre, sous les quolibets, ce qu'était l'homosexualité sous-jacente à ceux-ci, sans que cela ne fût jamais pour lui-même une réalité ; mais il gagna, dès lors, une attitude bienveillante à l'égard des garçons qui n'étaient pas comme lui et qu'il rencontra dans sa vie, et déjà, au front, les écoutant et les aidant quand ceux-ci s'épanchaient.

Au retour de la Grande Guerre, c'est-à-dire la longue guerre, soyons justes, il s'était entiché, sans l'avoir jamais rencontré, du poète-soldat Wilfred Owen. Un jeune officier de 25 ans, mort un jour de novembre, quelques jours avant l'armistice. Il n'avait pas un faible pour l'homme, ça non, mais pour l'œuvre que celui-ci avait laissée, toute pleine de ce que lui-même, Cecil, et ses *comrades*[11], avait vécu, dans le sang des hommes au combat. C'est de lui qu'il tenait ces mots-images du front qui convoquaient ces portraits d'hommes à jamais engloutis, mais dont il conservait le souvenir au plus profond de lui-même. Cecil le faisait par respect, pour Owen et pour ceux qui gisaient dans l'œuvre du jeune poète.

– *Écoute ça, Lill' gal !*[12]

Il s'arrêtait et déclamait, les yeux clos qui pleuraient de souvenirs pesants :

---

[9] T'as compris, fille ?

[10] Les lettres CC se prononcent en anglais : SI-SI

[11] Compagnons d'armes.

[12] Lill' gal= little girl= petite fille.

Dans tous mes rêves sous mes yeux impuissants, il plonge vers moi, se vide à flots, s'étouffe, il se noie[13]...

Si Owen n'avait pas disparu ce jour bête de novembre 1918, il serait parti le rencontrer, Cecil ; pas pour lui dire qu'il écrivait bien, et juste ; ni que son œuvre lui plaisait, même s'il la lisait et la relisait, mais en homme de bonne volonté, avec toute l'amitié qui naît du partage procuré par la lecture et, dans ce cas précis, de l'expérience commune.

Cecil et moi, nous avons bien souvent pris le train pour Londres vers les musées ; celui de la guerre, le musée de Londres ; vers Greenwich aussi. Dans les années soixante, les documents sur les fronts n'étaient pas encore tous accessibles au public ; pas de vidéos véhiculées, peu d'expositions alors sur la période ; il fallait se déplacer dans ces lieux, empoussiérés sous les années, qu'étaient les musées. Cecil, qui n'avait eu une formation universitaire que très tard et bien après son temps militaire, je l'ai déjà écrit, prenait des notes pour moi ou pour Antoine, mon grand-père le poilu. Des photos aussi de dessins, car photographier un tableau n'était pas chose interdite dans les musées d'alors. On circulait librement entre les œuvres des maîtres, les copiant sur cliché sans vergogne, ce que faisait volontiers Cecil.

J'ai conservé de nombreux documents que m'avait adressés son petit-fils, Terence. Je l'ai utilisé plus tard, ce matériau, dans mon mémoire de maîtrise. Le professeur, qui me suivait alors, avait accepté l'intitulé : *The go-between*[14] à condition de le voir justifié dans un sous-titre plus explicatif, car, m'avait dit mon directeur d'études, il existait déjà un livre qui portait ce nom ; j'eus encore plus de peine à faire admettre par l'université les sous-titres que je proposais ; trop incisifs, trop allusifs, trop tendancieux... On ne doit pas agresser, ni cho-

---

[13] Wilfred Owen (1893- 1918) ; poème : Dulce et decorum.

[14] Livre de Hartley, 1953, du même nom. Le film de Losey viendra plus tard en 1971.

quer, ni critiquer et la langue de bois, moins de cinquante ans après cette guerre européenne, suivie à la hâte d'une autre, imposait la retenue en toute chose. Encore victorienne, l'Angleterre de ce temps… Quant à la France, elle était tout occupée à se soigner de ses blessures et de ses salissures.

— *Qu'est-ce qu'ils ont tant à cacher ?* fulminait Cecil quand nous nous rencontrions autour du sujet de l'étude. En effet, il régnait encore une certaine forme de censure, ou de pudeur à dire clairement les faits dans les années soixante ; il ne fallait ni montrer ni dénoncer. Nous avions découvert ensemble, pendant mes recherches, la vision du jeune Nevinson et de ses « Sentiers de la gloire. »[15]

Enfin, on trouva bonne ma proposition longuement maturée par Cecil lui-même…

— *Lill' gal, pourquoi pas « 14-18 ; d'une guerre à une autre » simplement ? Ou encore* To and fro across the border ?[16]

Le sujet fut accepté, mon mémoire bien noté, puis, comme tout travail universitaire, celui-ci alla se perdre sur quelque étagère de la vie.

Car Cecil, pendant ces heures que je passais à ses côtés, remplaçait avantageusement, grâce à sa mémoire et à sa vivacité, toutes les lignes consignées, fussent-elles bellement documentées. Je m'attachais à cet homme qui me consacrait de nombreux après-midis, après son travail à l'hôpital et les moments qu'il partageait avec ses petits-enfants.

Mon père, que je voyais tendre avec ma mère, ne m'a, je crois, jamais embrassée, en dehors du rite du matin et du soir. Antoine, mon grand-père, pourtant doux avec moi, ne le faisait pas non plus. En revanche, Cecil mettait son bras autour de mon cou ou me prenait par la main quand il me parlait. Lui, qui n'était pas de ma famille, avait avec moi les mêmes gestes qu'il avait avec sa fille ; il nous tenait par les épaules,

---

[15] Christopher Nevinson . The Paths of Glory, 1917

[16] Passer et repasser la frontière.

ou mettait son front contre le nôtre ou encore nous gardait les mains dans les siennes. Au moment où j'écris ceci, il me semble que la présence de Cecil se manifeste près de moi, comme une âme. Pourtant, je ne crois pas aux âmes. Mais c'est que je cherche le mot juste. Aimant, c'est cela, Cecil était aimant et à cela, j'étais sensible.

À chaque séjour là-haut, un peu plus sensible.

Conversations des chemins creux

— *Cecil, parlez-moi du retour…*

J'écris vous, mais l'anglais confond la politesse, le respect ou la proximité en un seul mot évident, le *you* que je trouve encore trop cavalier et bien trop sec ; tenant si peu compte du discernement des sentiments qui nous animaient.

J'aimais me trouver avec Cecil, je le lui disais, mais il n'en tirait aucun avantage, ni dans le comportement ni dans l'ascendant qu'il ne cherchait pas à avoir sur moi, mais qu'il avait... Pourtant, je n'étais jamais passive dans nos discussions malgré mes inexactitudes dans sa langue que j'étais encore très loin de maîtriser alors. Lors de l'été 1959, Cecil allait avoir soixante-deux ans et il était resté, malgré les blessures du parcours, un bel homme, dans ses manières délicates, comme dans son cœur. Un bel homme, c'est ce qu'avait dit ma mère qui avait 37 ans, l'année où elle avait fait le voyage pour la première fois en 1955 vers le Sussex, pour y rencontrer Marga. Un bel homme… Et aussi une belle personne.

Son nom et ses initiales CC, tellement doux à prononcer et je le lui disais.

J'ai aimé Cecil Chapman très tôt, je crois…

Entendre par là l'attachement à une personne qui nous apprivoise gentiment et nous ouvre sa pensée. Mais pas seulement, tant il m'est difficile d'expliquer pourquoi cette douce reconnaissance est née et comment elle a évolué ; même aujourd'hui ; difficile d'analyser combien l'engagement a été fort, et ce qu'il a eu de retentissements sur les années du parcours personnel.

Un souvenir puissamment verrouillé, malgré moi...

Le soldat du British Empire m'avait ouvert son « vieux cœur », c'est comme ça qu'il se présentait à moi quand nous

nous retrouvions l'année suivante ou quelquefois à Noël lorsque sa famille m'attendait. Ouvert aussi, au fil de ce temps où nous étions proches, ses carnets de guerre que je ne lisais pas alors. J'avais parcouru pourtant les feuillets qui y avaient été ajoutés, les lettres contenues, les billets, les cartes, souvent des morceaux de journal en fort mauvais état. Je me souvenais, en manipulant ces documents anciens, de situations qu'il aimait à faire revivre dans nos confidences de marcheurs. Des lettres d'homme qu'il extrayait avec délicatesse du petit sac de toile brute qui l'avait accompagné dans les combats. Mon grand-père Antoine, du côté français, avait le même, qu'il appelait *sa musette ;* juste la place pour le livret du militaire et un carnet de dessin, un crayon et un petit calepin pour son journal de marche. J'ai conservé tous ces objets que nous a laissés Antoine.

De ces lettres récupérées par Cecil, il m'en avait lu une, écrite dans un français de tous les jours, qui le faisait hésiter, puis il m'avait demandé de la lui relire lentement, sûrement pour mieux entendre dans sa langue, le soldat français qui l'avait écrite, et je l'avais fait, et Cecil avait été ému :

France, Bouillancy, Oise, 9 septembre 1914.

« Soldat, qui que tu sois, garde ces lettres que j'ai récupérées sur des soldats morts, que si demain je passe moi aussi… Dessus, il y a des adresses, elles sont précieuses ; après la guerre, tu iras vers elles si le Seigneur t'accorde la vie ; pour moi, à ça, j'y crois pas. J'ai trop fauté et d'autres méritent avant moi le pardon d'en haut. Il y en a une d'un du 216e français. Il me l'a passée, il était foutu, juste son nom, pas d'adresse, garde tout on trouvera sa famille grâce à son régiment ; Une chose aussi, dans la remise, du côté de Brégy, là où la terre change de couleur, avant l'entrée du village, ils l'ont laissé là, les sauvages, à l'abri pour un temps. Sauve-le, cet appareil, avec ta compagnie, que si, des fois ils se retournaient pour le prendre ; il est d'une belle constitution et les sonorités sont respectables ; un bon accord et il tiendra encore et la danse ira bon train à nouveau si l'on se retrouve. Sauvez-le.

Ici, nous sommes si peu restés et nos blessures ne tiendront pas jusqu'à l'ambulance. Guys, vous aussi si vous me comprenez, sauvez-le ! Une bonne poignée de mains.

Césaire Failly, Noyon, 298RI[17]. »

— Cecil, il était votre ami, ce soldat ? Il est mort à la guerre ?

— Mais oui, comme les autres ; quand on était arrêté, on se mélangeait et puis nous avions pris du bon temps ensemble.

Arrêté signifiait entre deux combats, deux tueries…

— Du bon temps, Cecil ?

— Oui quand on avait dansé.

— Vous dansiez, mais quand ?

Cecil se claquemurait et nous faisions le chemin en silence ; à chacun ses pensées.

— *Not yours, gal, leave it, mine only*[18] !

Quand on est adolescent, on ne retient qu'une chose dans sa grande colère juvénile ; que la guerre, ça tue et qu'un soldat, ça meurt. Cecil restait silencieux alors ; il n'avait jamais retrouvé la trace du soldat Failly et toutes les cartes que Cecil lui avait écrites avec pour seule adresse Noyon, Oise, lui avaient été retournées. Le soldat Failly n'était pas de là au vu de son appartenance au 298e régiment.

I remember that day[19]…Toujours celle-là, la phrase de Cecil, pour amorcer un récit. Day n'était pas prononcé correctement comme on l'apprenait au lycée ; *Da-i…* disait-il ; il glissait le mot, bouche ouverte ; une intonation des quartiers

---

17 RI : Régiment d'infanterie. Les numéros 200 et 300 sont des régiments constitués de soldats réservistes. On ajoutait 200 devant le numéro du régiment initial. DI : Division d'infanterie.

18 Ma petite fille, ce n'est pas tes souvenirs à toi ; les miens seulement.

19 Je me souviens de ce jour…

pauvres du Londres d'alors ; da-i, presque une diphtongue en somme, bien cockney.[20]

— *Cecil, il est tard ; on nous attend chez vous.*

Sur le chemin du retour, il était redevenu silencieux et sobre. Il s'appuyait sur mon bras, l'enserrant de ses mains pour chercher une stabilité que ses récits avaient entamée. Et j'avais pris l'habitude de desserrer cet étau en donnant le bras à Cecil, parfois la main.

Cet homme, qui n'était pas mon grand-père, mais qui lui ressemblait dans sa manière de revivre le passé en y incluant toujours les autres, d'abord les autres, pour leur redonner une vie, avait dû être courageux, peut-être exemplaire ; avait-il failli une seule fois, par la peur, le retrait, l'esquive ? Avait-il tué de sang-froid ? Il répondait à toutes mes questions avec sincérité et je le croyais. Oui, il avait eu peur d'aller au combat, oui, il avait hésité souvent pour avancer, oui, il avait tué. Et cela le poursuivait comme le perturbait encore, si longtemps après, la vision des tués, les siens et tous les autres. Il rentrait en lui alors, me décrivant un corps qui se vrille, des yeux effarés qui disent la peur, le sang qui jaillit d'une aine sans membre, la pisse, les excréments, un état d'homme qui n'en est plus un.

— *Cecil, arrêtez de parler, s'il vous plaît…*

Je lui prenais les tempes et entourais, comme une mère que je n'étais pas, son visage d'homme qui s'était défait sous mes yeux. Chaque fois un peu plus près, un peu plus tendrement.

A true Londoner, voilà ce qu'était le jeune Chapman avant d'arriver dans le Sussex : un Anglais de Londres, un vrai Londonien ; un qui y était né en 1897, en hiver, dans un quartier populaire et froid de moisissure et qui sentait encore Jack l'Éventreur. Whitechapel, un quartier pauvre, abandonné des autorités de la ville, sauf pour y jouir de la prostitution facile,

---

20 Intonations de l'est de Londres.

sauf pour y puiser de jeunes forces pour qui l'enrôlement de l'entrée en guerre allait être une issue sociale. Pourtant, le père de Cecil, qui n'avait pas reconnu son fils, mais l'avait toujours suivi et gâté de biens matériels, venait d'une bourgeoisie établie dans le Londres de la fin de l'autre siècle. Cecil Chapman ne méprisait pas son père, il en parlait sans savoir qui il était ; il aimait seulement sa mère pour deux.

Aux questions curieuses qu'il m'arrivait de poser à Cecil, celui-ci ne répondait que s'il en avait envie ; alors, le soir, quand, avec Marga, sa fille qui, après avoir été ma correspondante d'accueil, ma logeuse ensuite, était devenue une amie et me parlait en grande sœur, on s'asseyait pour le repas du thé, j'enquêtais auprès d'elle sur la vie du vieux soldat, sur sa jeunesse avec sa femme ; se déroulait alors le fil du journal de bord de son père, pour ce qu'elle en savait et qui la concernait. Le reste, Cecil ne le livrait pas. Si, un peu à moi, tout de même, me semblait-il.

— *Well then, Dad... He is...*[21]

Elle commençait chaque fois de cette manière et elle dévidait un récit que je n'arrêtais que si je ne la suivais plus. Marga était intarissable et son discours montrait combien elle était attachée à ce père qui, à vingt-quatre ans avait accepté, avec bonheur, la venue de cette petite fille.

— *Well then, Dad...*Je l'ai toujours connu amoureux ; de la vie, de ma mère, de moi aussi ; peut-être que tu lui plais, qui sait ? Rassure-toi, 'Sobel, rien de mal à ça ; quand je dis amoureux, ça veut dire qu'il aime tout court ce qui vit et palpite ; il vénère l'individu ; depuis la guerre, je crois ; ses guerres. Laisse-le te raconter le Blitz[22] en 1940, puis la reconstruction et tu comprendras pourquoi il est si proche de tout et plein de respect pour les faibles. Pourquoi il n'aime pas Churchill alors

---

[21] Bon, eh bien tu veux que je te parle de papa...

[22] Blitzkrieg = guerre éclair, bombardement incessant de la ville de Londres par l'aviation allemande de 1940 à 1941, de l'automne au printemps.

que chez toi dans ton pays, l'homme est vu comme un grand…

Elle marquait souvent des pauses pour mieux convoquer le souvenir.

– Pas un homme faible, non plus, mon papa ; ah non, pas lui ! Jamais dur, mais intraitable avec les attitudes sinueuses, les faux-semblants, les…

Marga décrivait son père comme une personne droite et bonne, un homme quoi. Intuitivement, j'en concluais alors qu'un homme, ça devait être comme lui, et que ceux que j'allais rencontrer dans mon parcours de fille allaient forcément devoir lui ressembler…

– Et mon nom, tu sais pourquoi, continuait Marga ? À cause de la terre blanche de chez vous ; le nom vient des Gaulois ; Marga, disait-il. Ma mère m'a confié un jour que Cecil s'était promis, pendant sa guerre de France que, s'il survivait au massacre, il appellerait sa fille, s'il en avait une, du nom de la terre argileuse, MARGA[23], où il avait combattu.

Toujours passionnant ce que me racontait Marga qui, elle, avait fait des études ; son anglais était parfait, sans intonation régionale, mais sans affectation non plus.

---

23 De Margilia, Marne (Pline).

Dans la marne des combats

J'ai eu deux grands-pères qui ont participé à la Première Guerre mondiale ; l'un fut fait prisonnier à Dieuze, en Lorraine, les premiers jours d'août 1914 ; il est rentré en France de captivité seulement en 1919 ; l'autre, né en 1889, était fort en gueule, du moins toujours prêt à redresser les torts et les hommes à son heure. Il avait été affecté en renfort au 352e régiment d'infanterie sur l'Ourcq ; mesure de discipline sûrement ; il avait envoyé une lettre de grande colère au maire de sa commune, où il s'était permis de parler de l'inconséquence de Joffre et des généraux, en août 1914, dans les combats de Lorraine avec de *pauvres soldats pas du tout préparés,* c'était ce qu'il avait écrit, Antoine. Il avait reçu son affectation dans la semaine qui avait suivi. Direction la Marne ; on avait besoin de soldats aguerris, avait dit le vieux maire, ancien gradé de l'ultime guerre, à Antoine… À 25 ans, même réserviste, on sait pourtant si peu de choses. Là-bas, les premières journées de septembre avaient ressemblé à celles de Lorraine. Mêmes terres plates, mêmes tueries où on combattait encore à découvert, puis très vite dans les creux, où on pouvait ; là, où la terre et le ciel se confondaient en fumées et absorbaient les silhouettes fragiles des soldats dans leurs cris douloureux, et dans le hurlement des canons qui se répondaient… *Bordilles* ! criait Antoine qui ne décolérait pas, un mot pas très français et vulgaire, mais les choses moches doivent porter un nom moche, tonitruait mon poilu de grand-père. Ce qu'allait me raconter Cecil qui combattait sur la même zone que lui, mon grand-père en avait un souvenir presque moins précis pourtant que celui des premiers fronts d'août où il ne se trouvait pas lui-même, mais dont les seules nouvelles terribles qu'il avait analysées bien plus tard avaient aiguisé son sens critique sur la suite de la guerre.

Un soir de grand désespoir, où les troupes anglaises et françaises étaient mêlées, les soldats avaient dansé sur le champ de bataille, avait affirmé Cecil ; les tommies du BEF[24] et les régiments de réservistes ; l'un parlait de valse, l'autre de polka. Si longtemps après, ils ne s'étaient pas mis d'accord. Antoine disait, de ces jeunes Anglais engagés, qu'ils étaient redoutables sur le champ, que c'étaient des braves ; quant à Cecil, lui, il admirait les Frenchies pour leur détermination et leur esprit revanchard. Pourtant, si Antoine était un homme déterminé en effet, de la revanche, il s'en moquait *du tiers comme du quart, c'était* encore l'une de ses expressions. Certes, il fallait les faire rentrer chez eux le plus vite possible, ces alboches, ça n'avait que trop duré, mais l'idée de revanche n'était pas la sienne, car, il le voyait bien, ces jeunes soldats, pas de son bord, leur ressemblaient tellement quand on les trouvait agonisants sur la terre marneuse ; tous avaient sur eux une dernière lettre de Mutter, une image pieuse, un mauvais cliché de famille, une médaille ; tous avaient tremblé avant le dernier spasme, tous étaient attendus dans la pauvre campagne des ancêtres, qui donnait si peu en ces temps de misère. Antoine s'occupait des hommes blessés et sans espoir – ordre du major[25] – et les mettait à l'abri pour qu'une baïonnette ou autre arme vengeresse ne les achevât pas. À l'abri voulait dire *prisonniers ;* tant pis, mais au moins, ils seraient soignés et vivraient encore un peu.

Pour avoir vécu très près de mon grand-père, j'écris volontiers que c'était vraiment ce qui l'animait alors et quand il me faisait le récit de son parcours de soldat une nouvelle fois, l'émotion le tenait encore, si longtemps après, dans les visions qu'il avait conservées de ceux qui avaient vécu et laissé leur vie à ses côtés.

Cecil et Antoine n'avaient sûrement pas dansé ensemble cette polka sur le front de la Marne, ils étaient si nombreux et

---

24 British Expeditionary Force.

25 Le major est le médecin.

si déboussolés cette nuit-là... Cependant, ils s'étaient sûrement croisés, et sans doute, à l'infirmerie, ils avaient discuté, chacun dans sa langue pour qu'Antoine eût l'adresse du jeune soldat britannique, écrite sur son calepin, un peu tachée par la mouillure du crayon violet[26]. Leurs souvenirs n'étaient pas les mêmes, mais une chose les rassemblait : cette danse sur le champ de bataille qu'allait lui rappeler Cecil au fil de leurs rencontres, quand, peu de temps après cette guerre-là, ils avaient vraiment fait connaissance...

Cecil, en chemin, me tendait une autre lettre de soldat qu'à nouveau il me demandait de lire ; toujours pour la voix française, les sonorités, les accents. C'étaient deux feuilles, salies et déchirées, signées Albert Sérillon, avec, entre parenthèses, le numéro du régiment... 298e RI, 63e DI.

...Soir du 5 septembre. Arrivée comme un transport de porcs et cantonnement à Penchard, nous autres.

6 septembre 3 heures, le canon, pas très loin, n'arrête pas, nos 75 répondent ; pas aperçu leurs hommes pour le moment, mais je veux les voir, vérifier qu'ils sont moins forts que nous. La guerre, je ne sais pas encore ce que c'est. Joseph a été à Morhange, il dit à la mère qu'ils sont fous et cruels ; c'est parce que là-bas, il a perdu son bras. 7 septembre. Je viens de la frôler, la guerre, comme une mauvaise femme, et j'ai vu aussi les corps et les amis, que des jeunes ; ce n'est pas autre chose, la guerre, un champ plat de luzerne où on s'étripe, comme quand je jouais aux dames avec mon vieux qui ne parlait plus ; j'avance, je ne peux pas reculer, sauf pour faire mes tas, c'est comme ça, les morts aussi, on les ramasse comme nos pions, mais on n'a rien gagné au bout. 8 septembre. Pas eu le temps d'écrire. Fatigue et faim, je m'économise. Le temps est fixe et j'ai tout perdu sauf le carnet et le crayon. Comment retrouver nos choses dans la boue et le reste. Les alboches mettent le feu. J'ai découvert une vieille pelle, je l'ai mise sur moi, devant ; elle pèse, mais elle me protège de leur fusil tueur quand on se lève et qu'on doit avancer. Ce

---

26 On mouillait alors avec la salive la mine du crayon pour pouvoir écrire ; le trait était violet et l'encre laissait la langue, «la menteuse », violette.

soir, nous avons dansé, ça ne se fait pas de danser entre nous, mais la musique était là sur les morts, dans la nuit. Il jouait, le piano, on dansait avec lui. Ça a été une bonne chose. On disait que c'était un boche à l'instrument, mais c'était beau, alors on dansait, tant pis. La valse ça fait toujours rêver. 1 heure. Ça brûle devant et derrière ; on a atteint la ferme a dit le capitaine ; allez les gars, Nogeon, on y est ! Le piano est resté dehors, sous la pluie peut-être ; je marche avec difficulté, on dirait que dans la jambe j'ai quelque chose qui a enflé ; elle devient noire ; on m'a dit... viens me voir ce soir, pas le temps aujourd'hui, marche, ça ira mieux, ne t'ankylose pas, surtout pas...

Il n'y a pas d'autre feuille que ces deux-là, Cecil les a ramassées quand les Français ont quitté l'endroit. Il s'était imaginé, presque un rêve, que peut-être le soldat Albert les chercherait, les demanderait et lui, il les lui rendrait, alors ils feraient connaissance... Mais, non, le front, c'est momentané et inattendu, rien ne s'y passe comme on le prévoit.

Il regardait toujours par terre, Cecil, une manie que lui avaient transmise ses anciens :

— *Regarde pas les étoiles, ça, tu le gardes pour après, pour la mort, quand tu rêveras au bon temps passé, allongé ; tant que tu avances, regarde par terre, on y trouve la vie éparpillée, des sous, des objets, des souvenirs ; regarde par terre, petit et devant aussi, pour pouvoir agir.*

Je notais ce qu'il me disait, car les expressions de Cecil n'étaient pas de l'anglais, mais une langue quotidienne que j'avais du mal à comprendre, un mode de parler qu'on n'enseigne pas à la faculté.

— *Tu as trouvé autre chose dans la terre de France, dis ?*

Le soldat faisait signe que oui et qu'il me raconterait, on avait le temps.

— *Si tu reviens me voir, je te montrerai mes trouvailles !*

— Mais elles ne t'appartiennent pas, ces choses, Cecil...

– Mais Lill'gal, j'ai recherché la famille du soldat chaque fois quand il y avait le nom ou une adresse ; j'ai fait ce que je devais faire ; un long voyage et souvent, en vain.

Inlassablement, nous avons continué nos marches, inlassablement, il me lisait des cartes, des lettres, des carnets sales, un matériau qu'aujourd'hui j'ai transmis aux archives qui n'en voulaient pas toujours, ou donné aux musées qui acceptaient de les prendre ; mon idée fixe était de vouloir préparer ceux qui se rendraient un jour sur les lieux pour une visite, au devoir de la mémoire de cette guerre qui avait été la leur. Par respect.

Ce n'est que récemment que Marga, bien longtemps après la mort de Cecil, m'a remis toutes ces lettres en pensant sans doute que son fils n'en ferait jamais rien ; elle a glissé d'autres documents que son père avait mis dans une enveloppe cartonnée avec mon nom dessus…

II – LA QUÊTE
Un va-et-vient

Dans le carton remis par Marga, après la mort de son père, celle-ci avait glissé aussi le paquet des lettres que j'avais écrites à Cecil. Il avait tout conservé et sa fille savait, en me cédant tous ces écrits, de quoi était faite la connivence entre son père et moi-même alors. La clarté de nos échanges se lisait au fil de ces feuillets… Elle avait donc une connaissance de l'attachement que nous partagions, le vieux soldat et moi ; jamais, cependant, elle ne chercha ni à m'interroger sur cette relation qui, à ses yeux, était sûrement fantaisie passagère, ni ne se permit de juger la situation. Pas plus qu'elle n'en parla à son fils, qui, lui, était jaloux que son grand-père s'intéressât plus à moi, l'étrangère, qu'à lui ; c'était ce que Terence pensait. Marga avait une grande ouverture d'esprit et cela nous a toujours rapprochées.

Cette lettre-là, par exemple, que j'avais adressée à Cecil et qu'elle, sa fille, avait probablement lue.

…Tu vois Cecil, je suis fidèle, je reviens ; un autre été que l'on va passer tout près l'un de l'autre ; j'ai commencé à écrire dans un cahier ce que tu m'as raconté des fronts ; tu me corrigeras, dis ? À partir du mois prochain, je vais être dans une autre famille que la tienne cette fois. Il y a aussi des enfants jeunes. Marga t'en a sûrement parlé, une amie à elle à Buxted, pas loin de chez toi, finalement, avec la gare, mais tu vas me manquer. Je serai chez vous le 11 juillet ; j'irai voir Marga à l'hôpital, sauf si tu me dis qu'elle rentre à la maison. J'ai une chambre dans cette famille, je vais m'occuper entièrement des enfants, comme quand j'étais chez ta fille, toutes ces années. Terence disait, quand il rentrait de la pension, le samedi : « Je ne veux pas qu'une Française s'occupe de mes sœurs, elle va les déformer et puis, après, elles s'en iront et on ne les verra

plus ! » Comme si j'avais l'intention de les attirer vers moi et de les influencer, je n'aurais pas fait ça, tu le sais…

Il ne m'aimait pas, Terence, ça se voyait, il m'a toujours dominée parce qu'il était l'aîné. Un garçon de mon âge pourtant, on aurait dû s'entendre, mais je le craignais un peu, adolescente, ça aussi, tu le sais. Inattendu et jaloux, mais je suis peut-être trop dure en te disant ça de lui. Qu'est-ce qu'il devient, ton petit-fils ? Sa musique toujours ?

Cecil, je suis heureuse d'arriver presque chez toi ; attends-moi, on reprendra notre « conversation des chemins creux » comme tu disais. Je vous embrasse tous, toi un peu plus fort que les autres, Grandad… No, sorry, dearest Cecil ! Isabelle, 2 août 1959. With love.

La réponse avait été immédiate ; une belle lettre très sobre, tout en retenue que j'ai lue et relue tant de fois dans le courant de ma vie… Cecil ne viendrait plus un jour, jamais plus, au rendez-vous des chemins creux…

Lill'gal, how lucky I am to see you back home to us ![27]

J'avais cru en te laissant à Victoria station, l'année dernière, que ce serait fini, que jamais plus tu ne retournerais. En t'écrivant, je ne te demandais rien de tes intentions ; ta vie était ailleurs et le serait pour toujours désormais ; tu t'es donc souvenue « de ne jamais, jamais laisser la flamme s'éteindre » comme le disait « the bastard » en parlant de son cigare ; (blasted period anyway ![28]*) et c'est bien ; tu es du genre fidèle, comme moi, Lill'gal…*

Il me donnait des nouvelles de sa famille, bien sûr, me recommandait de ne pas trop juger Terence qui était un gars sûr, a nice lad[29], non pas ce garçon fuyant qui me traquait,

---

[27] J'ai beaucoup de chance de te voir à nouveau chez nous.

[28] The bastard (injurieux= bâtard) ici est Churchill qui a prononcé cette phrase en 1941 ; Cecil ajoute : Une foutue période de toute façon.

[29] Un bon petit.

plus jeune. Il terminait curieusement ses lettres avec des phrases peu claires…

J'ai trouvé autre chose… une histoire à te raconter… on en a déjà parlé… documents à te montrer… jamais finie, la guerre.

Une seule mention finale, conventionnelle en soi, mais inattendue et délicate cependant, car je savais bien ce qu'elle contenait…

Love you gal, love you so much. CC

Je retenais qu'il ne fallait jamais laisser la flamme s'éteindre…

Terence, en effet…

Une année, je devais avoir 16 ou 17 ans, je terminais mes vacances chez Marga, Terence avait eu l'impression que j'avais accaparé sa mère, et que son grand-père s'était mis à le négliger ; que de place, pour lui, il n'en restait plus ; Il avait commencé à m'éviter ou à me jouer des tours du genre vider mon tiroir personnel du frigo ou jeter tous mes vêtements par terre, ou mettre des araignées dans ma chambre ou en verrouiller la porte… ou alors, il arrivait dans mon dos en silence et il me maîtrisait soudain en me serrant les épaules par derrière si fort que je criais *arrête !* Mesquin à mon égard, le garçon, mesquin comme un gamin qu'il n'était plus tout à fait à 18 ans, Terence. Un soir où Marga et Ron étaient sortis, il était venu rôder autour du canapé où je lisais, au salon. Sans parler. Une fin de semaine où il rentrait de l'internat pour trois jours. « Betsy, regarde ! » D'un coup, j'avais eu sur moi un petit écureuil tout affolé qui s'agrippait à moi en couinant de peur et en me déchirant la peau des bras. J'avais hurlé, alors, sans doute pour que je ne parle de cela à personne, il était venu me secourir en laissant toutefois au passage un baiser monstrueux sur ma bouche déchirée par ses dents ; puis, j'avais entendu un sauvage *va-t'en !* De cette mésaventure, je n'en ai parlé à Cecil que longtemps après, et encore, sans tout livrer, car, dans l'intervalle des séjours, Terence faisait en sorte de ne plus jamais être là quand j'y étais.

J'ai retrouvé le garçon pendant mon année d'assistante d'anglais à Tunbridge Wells, trois ans plus tard. J'avais demandé la banlieue de Londres ou le Surrey, du côté de l'endroit où Cecil avait habité après la guerre, tout près de Croydon, mais on m'a affectée dans le Kent, une manière de revenir toujours près de lui ; tant mieux, il y aurait la gare à Tunbridge.

Terence n'était plus la même personne haineuse qui me poursuivait ; je me méfiais de lui, il le sentait, mais il s'adressait à moi avec courtoisie et il suffisait que je mentionne le nom de son grand-père pour que son visage anguleux devînt humain. Nous nous rencontrions souvent au milieu de ses copains, tous des garçons de bonne volonté, me semblait-il, et qui m'avaient accueillie dans leur groupe sans faire de différences, ni de langue, d'origine ou de sexe, car il y avait d'autres filles que moi qui venaient « de l'étranger », c'est comme ça qu'on disait alors. Enfermés tous dans leurs études musicales, les copains de Terence se retrouvaient à la maîtrise, après les cours, pour jouer et chanter ensemble ; ils avaient formé un petit groupe où Terence était violon alto. De courtes pièces religieuses, une musique du XVIIIe anglais dont je ne connaissais encore rien ; ils affectionnaient aussi le folklore de la Nouvelle-Angleterre, américaine, j'entends, et aussi celui des terres froides et lointaines où les colons anglais avaient débarqué. Là, j'avais découvert que Terence avait une voix céleste, si éloignée de celle qui me pourchassait partout de ses sarcasmes du temps de chez Marga, sa mère. Nous en avons discuté par la suite.

— *Mon Dieu Terence, comme tu as changé !*

— On ne change pas, on évolue, Bethsa.

— *Pourquoi ce nom que tu m'as donné depuis le début, Betsy, Betsa, ce n'est pas mon nom, ça. Tous ici m'appellent Isobel, pourquoi pas toi ?*

Il me voyait belle sûrement et il connaissait la Bible depuis la pension ; mais cette figure de femme, il l'avait découverte sur une carte que son grand-père avait conservée dans ses affaires : un vieil homme, une toute jeune femme, Bethsabée ; peut-être le thème de la convoitise ou de l'adultère[30]. Cela avait suffi à Terence pour penser que son grand-père s'était mis en tête la jeune personne que j'étais et il en était devenu jaloux. Et puis, tout le monde alors m'appelait Isobel, fortement marqué dans la prononciation. Cecil, lui, prenait le temps de prononcer mon prénom, comme pour me faire honneur ou m'accueillir chaque fois.

Mais le temps était passé sur Terence et sur moi aussi... Cecil me le rappelait.

— *Leave it, Isobel. Let bygones be bygones, will you ?*[31]

En effet, plus aucune allusion à la haine des années antérieures. On avait simplement grandi. Quand je ne voyais pas Cecil, son petit-fils me parlait de lui ; intarissable et admiratif. Ainsi, très fier de me l'annoncer, il me confia que le vieux soldat avait une surprise pour moi.

– *Ton grand-père a dansé avec mon grand-père ! Chut, je ne t'ai rien dit.*

J'avais entendu mon grand-père mentionner l'épisode de la danse des soldats, mais pas davantage ; alors c'est moi qui ai demandé à Cecil de me raconter ces faits auxquels il avait déjà fait allusion devant moi, mais qui me semblaient relever de la pure fantaisie ; on ne danse pas à la guerre !

J'appris ainsi que début septembre 1914, le BEF[32] avait été appelé en renfort sur la Marne pour aider la 13e armée sur ces plaines, du côté de la cote 109 vers Brégy, dans l'Oise ; un secteur où se trouvait justement Antoine mon grand-père. Lui

---

30 Bethsabée au bain, Véronèse, Musée des beaux-arts de Lyon

31 Laisse tombe, tu veux ; le passé c'est le passé !

32 BEF : British Expeditionary Forces (Corps expéditionnaire britannique). Lord Kitchener a recruté de jeunes soldats.

aussi m'avait parlé de danse, sans jamais donner de précisions.

Je me souviens que Terence avait insisté et lui, y croyait ferme, car on la lui avait racontée, cette anecdote…

— *Ils ont dansé ensemble, tu peux imaginer ça, toi ?*

Plus tard, j'avais à nouveau abordé le sujet avec Cecil, lors d'une de nos promenades ensemble, car nous marchions beaucoup. J'avais sûrement souri de la situation, alors il s'était figé ; il m'avait fixée de son regard clair et, m'enserrant de ses bras d'homme, il avait lâché doucement…

— *Tu ne peux pas comprendre, fillotte, quand il n'y a plus de femmes, on danse entre nous et c'est doux, tu ne peux pas comprendre… Le contact, la joie partagée, tu ne peux pas comprendre…*

Dans les mois qui suivraient, j'allais retenir de son récit, moins la douceur du contact, dont j'ignorais de quoi elle pouvait être faite entre deux hommes, que la danse pendant les combats, qui me paraissait étrange, car le front, c'était tout, sauf le plaisir, d'après ce que nos enseignants nous en avaient dit, et il suffisait de regarder des images ou de feuilleter des documents sur l'époque concernée.

J'ai revu souvent Terence et, si nous n'avons, nous, jamais dansé tous les deux, nous nous sommes apprivoisés une fin d'été et retrouvés ensemble dans un lit, un peu mieux chaque fois, un peu plus sûrs de nos gestes, un peu plus conscients de ce qui nous arrivait ; nous faisions l'amour par amitié, je crois… Un passage normal dans la tendresse de l'avancée des jours où les corps se sont approchés de très près. Où l'on se chuchote des choses à l'oreille, où l'on se réchauffe au contact de l'autre. Pas d'analyse ni à cette époque-là et encore moins quand je dépose ces phrases ici... Seulement pour moi, le souci ou le devoir de le dire à Cecil. Une manière adolescente d'être fidèle.

Polka...

J'interrogeais mon grand-père Antoine, qui racontait volontiers les événements des journées aux dates que m'avait données Terence. Celles du 8 et du 9 septembre 1914, notamment.

— *Mais bien sûr que je le savais, c'est même grâce à cela que tu es arrivée chez Marga ; crois-tu que ta mère, pénible comme elle l'a toujours été, aurait laissé partir sa fille, à cette époque-là, en Angleterre, toute seule et si jeune, si elle n'avait pas eu la garantie d'un contact sur place ?*

— Alors tu le connaissais ce soldat, dis ? D'où ? Du front ?

— *Connu pas vraiment, on s'est juste rencontré le lendemain en rassemblant les morts sur la charrette ; il parlait un peu le français et moi quelques mots d'anglais ; on s'est trouvé bien à discuter en retournant à l'ambulance, sauf que, la nuit dont il te parle, celle de la danse, qui sait si j'ai dansé avec lui vraiment. De ça, je ne m'en souviens pas, mais s'il le dit, lui... Pourtant ce n'est pas possible d'oublier une scène pareille, tu sais ; des morts partout et nous on dansait, un peu mabouls, comme au bal du village, un 14 juillet ; on avait tout oublié des moments sales de la journée, la baïonnette, le canon, les puces qui nous rongeaient, la mort qui rôdait... on dansait. Il n'y avait que le piano, nous on se taisait...*

Antoine était très ému et on aurait dit qu'il récitait une poésie épique de Hugo où se déroulait une scène improbable. Et puis, il reparlait de l'Anglais, qui lui avait écrit son adresse sur le carnet, à l'ambulance, où ils se trouvaient tous les deux... Il ne savait plus trop, qui, longtemps après, avait envoyé une missive le premier, ni comment l'anglais l'avait retrouvé. Dans les années qui suivirent celles des combats de la Première Guerre, Cecil s'était mis en tête de rechercher la trace de quelques-uns des soldats présents sur le front cette nuit de septembre, celle aussi de ce compagnon français de misère dont il avait alors noté, à la hâte, sur son carnet à lui, le nom, le numéro de régiment brodé sur le col de la capote bleue et la date du jour. Cecil, en faisant des recherches sur son unité auprès de l'armée britannique avait eu une liste des soldats français de réserve du 298e RI ; et aussi, du 216e RI et du 352e RI, des hommes présents sur ce front de la Marne cette semaine-là. Le soldat britannique était retourné en France et avait fait des relevés sur place, dans l'Oise, interrogé les monuments aux morts, les archives des mairies du département à une époque où l'on ne savait que très peu de choses. Glané des réponses partielles. Ce fut des années après qu'Antoine, mon grand-père, en déplaçant son livret militaire, avait retrouvé le message de l'Anglais et il lui avait répondu ; un courrier daté de janvier 1934. Ils s'étaient écrit, puis rencontrés, sans vraiment savoir parler la langue de l'autre ; en se comprenant si bien, toutefois. Antoine partait tout à coup dans une polka chantée et rien ni personne ne l'arrêtait…

Viens poupoule, viens poupoule, viens
Ce soir, j't'emmène où ?
À la cabane bambou hou ![33]

Un code de vie entre eux qui relatait un moment de folie sur le front : la danse et le piano qui s'animait pour eux… Sauf que le soldat anglais, lui, avait parlé de valse.

Cecil avait récupéré une liasse de lettres que mon grand-père lui avait confiées ; de ces lettres que ce dernier, après la mort avérée des camarades tombés au combat, avait retrouvées sur eux ; de celles aussi adressées par Antoine à un autre soldat avec carrément la réponse de celui-ci au dos de sa lettre. Il avait écrit, en français, à la mine de plomb sur l'enveloppe,

---

[33] Polka de Mayol, 1903.

Chapman, je t'envoie ce dossier, fais-en bon usage, tu me le rendras quand tu auras fini ton enquête ; si je peux t'aider, je le fais volontiers.

Sur ce point, il faut dire que chaque fois qu'Antoine écrivait une lettre, il la recopiait vite, entre deux assauts, pour lui-même. Manie ou instinct de survie ? Ces courtes missives (je répète son mot à lui, **missive**, un mot qu'aujourd'hui on ne dit plus beaucoup), il les avait conservées plus tard, roulées serrées, dans des boîtes en fer-blanc de Blédine, bleue et beige, que j'ai gardées. Il y avait eu entre eux un courrier suivi, les premières années puis, moins fréquent par la suite ; c'était Cecil qui écrivait le plus souvent. Et qui envoyait à Antoine, les courriers qu'il avait reçus d'autres soldats vivants ; une conversation à plusieurs voix, en somme. Celle qu'ils n'avaient pas pu avoir sur le front de guerre. Une amitié, faite de peu, mais nourrie du souvenir d'une vie, était née… C'est ainsi que j'eus entre les mains, cet échange écrit, assez récent, qu'Antoine avait entretenu avec un soldat d'un autre régiment présent sur le champ de bataille, la nuit de la danse.

Lettre d'Antoine à Étienne Jollut du 298ᵉ RI.
À Arcinges. Saint Romain, 7 janvier 1959. (13e région. Roanne)

Mon poteau,
Je ne t'ai pas perdu, j'ai seulement espacé mes écrits ces dernières années. Et puis qu'est-ce qu'on a à se raconter de cette autre guerre… je ne la comprends pas, aussi à quoi ça va nous servir d'en parler ? On vit et ça, c'est sérieux ; pardon de te le dire, à toi qui es veuf, mon pauvre. J'aurai toujours des questions à te poser sur la nôtre de guerre ; tu es un des derniers à pouvoir répondre ; ils sont partis en nombre sans pouvoir reparler de cette foutue période ; nous en avons tellement dit d'elle, et juré sur son compte et sur les chefaillons de l'époque, qu'au bout du compte, on n'a plus eu de voix. J'ai repensé à ces premiers mois de malheur sur les fronts qui ont été les nôtres. Que de malchanceux on a laissés, j'y reviens toujours… Le

petit Gravoire, explosé dans le ciel et que tu as ramassé de tes mains, ça m'a marqué ça, pour sûr, j'y pense encore, tu vois... il tenait dans une musette pour ainsi dire, c'est ce que tu racontais... Et les cousins Revigny, l'un après l'autre aux premiers jours de septembre ; quel âge ? Des becs jaunes attrapés sans glu. Tombés en série avec les moineaux de leur classe ; j'en passe parce qu'ils ne me viennent plus en tête, les autres ; leur visage ne s'est pas effacé, seulement leur nom ; elle est épouvantable, la liste et te demander de te souvenir de ces jeunes ne te fera que du mal ; on le porte en soi, ce désastre, et c'est bien assez.

Je viens vers toi, car j'ai des doutes. Tu sais, je t'avais parlé des jeunes Anglais qui discutaient volontiers avec nous ; il y en a un qui a fait des recherches sur ce qui s'est passé et il m'a écrit après la guerre ; puis on s'est rencontré fin 1941 ; remarque comme c'est bête, la vie, on est resté lié ; comme quoi, un souvenir ridicule, mais qu'on a en commun, soude les individus. Un garçon qui acheminait les blessés à l'ambulance comme moi. Leur croix rouge, je crois, des volontaires. Et du plateau vers Bouillancy, le soir où on a dansé, tu t'en souviens, toi ? Il me l'a rappelé avec précision, cette confusion. Dis-moi si le souvenir te vient. Moi, c'est la petite de Monde[34] *qui me traduit chaque fois ; quoique, on n'aurait pas besoin d'elle, il est sympathique, ce vieux (ça me fait rire, j'ai 8 ans de plus que lui !) ; je ne sais pas quoi penser de ce qu'il m'a écrit et répété chaque fois que je recevais une lettre. Le gars qui jouait la musique et la valse, d'après lui, le soir où on a dansé, c'était un boche. Si, si, mais ça change quoi, dis. Un jeune allemand perdu au milieu de la guerre comme nous, un paysan protestant qui savait les notes. Pourquoi lui, et pourquoi là ? Un petit de même pas vingt ans, qui avait eu une jambe abîmée et qu'on avait soigné avant de le prendre comme prisonnier de la France. À l'ambulance, ils étaient humains, ils s'occupaient de tout le monde ; un homme en valait un autre... pas toujours, remarque, ceux du midi, ils n'étaient guère bien vus*[35] *; bref, on ne le laisse pas mourir, sauf s'il traîne par là un type cruel. Et alors, il paraît que c'était lui qui faisait danser. L'anglais a aussi fait des recherches de ce côté-là ; il avait conservé une image pieuse*

---

[34] La fille d'Antoine, ma mère, s'appelle Edmonde.

[35] Allusion à l'affaire du 15e corps du midi.

que le boche lui avait laissée pour le remercier, avec au dos, une adresse et un nom indéchiffrable ; un papier que le jeune anglais avait conservé des mois à l'intérieur de la doublure de sa casquette puis de son casque. Tu vas penser que je déraille, mais ça, je le tiens de Chapman et c'est du sûr, il ne dit pas des fadaises, Tommy[36]*, je te le garantis, Étienne. Eh bien ce que tu ne sais pas, c'est que cet appareil, ils ont eu le courage de le mettre à l'abri, comme ça, au milieu de cet orage de poussières ; ordre du major, a dit Chapman. J'ai le souvenir vague des lieux ; lui parle d'une plaine avec un hameau complètement incendié ; seulement les étables du château étaient restées debout. Ce que je ne comprends pas, c'est comment ils ont pu faire ça, mettre à l'abri ce gros machin parce que, sur les lieux, les boches, dispersés peut-être, y étaient encore, le lendemain et le surlendemain et en repartant, ils brûlaient tout. Enfin, c'est pour te raconter des histoires de la nôtre, de guerre ; je dis la nôtre, pas par fierté, mais parce qu'elle nous colle au cul. Enfin, ce Chapman a des idées fixes, il recherche sans arrêt des pistes. Moi, je me dis pourquoi pas, la guerre est faite par des chefs qui veulent les honneurs, mais qui ne racontent jamais rien, ni avant, ni après de ce qui s'est passé vraiment ; s'il y a des hommes bien qui passent leur temps à chercher et à comprendre le pourquoi des choses, je les admire ; parce que des ordures, il y en a eu, Étienne, des grandes et des petites, toutes les pointures ; nous, on n'y était plus sur les listes, mais en 40, tu as bien vu comment ils ont ratissé et après ; et cette soif de gagner. Remarque, on n'allait pas les laisser faire sur nos terres encore une fois, les Alboches, mais ces pauvres gosses, massacrés à nouveau ; ça te rend pacifiste, ça.*

Je te dirai tout ce qui suivra. Cecil Chapman m'attend chez lui, ma petite-fille étudie la langue chez sa fille, du côté de Londres ; c'est bien, cette idée d'Europe, pourvu que ça tienne. Tu regarderas bien la photo de ce champ de 1914, pas de moi, pour sûr. Je te la glisse, elle est sombre et mal prise, mais ça ira pour que tu voies, elle vient de l'Illustration[37]*, peut-être que tu as la même ; j'ai trouvé la revue chez un collectionneur, tu me diras ce que tu en penses. Ça me*

---

[36] Tommy, nom que portaient les soldats britanniques en 14-18.

[37] Magazine hebdomadaire, très documenté et plein de clichés d'époque sur l'avancée de tous les fronts.

trotte, ces souvenirs quand même ; ils viennent et ils m'aspirent, presque comme une femme, ça m'occupe tout l'esprit et d'un coup je me retrouve là-bas quand je suis trop énervé. Vieil ami, passe le bonjour à ceux que tu rencontres avant qu'il soit trop tard ; j'attends ta réponse ou alors, viens, tu sais où me trouver pour un égrappé et une bonne pipe. Eh oui, je suis un gars du sud maintenant, l'amour, vieux père, l'amour... Moi, je te la serre aussi, ton ami Antoine.

Les lettres d'Antoine étaient le reflet immédiat de sa pensée et ressemblaient, encore dans son langage simple et dans sa densité, à celles qu'il écrivait à sa tante, jeune soldat, car, de mère, il n'en avait plus depuis avant son départ à la guerre. Son père, lui, habitait avec une autre femme qui n'aimait pas Antoine...

Les lettres continuaient, abordant le mal du siècle avec les autres guerres et finissaient toutes dans des considérations nostalgiques sur le pays de ses anciens qu'il avait quitté en épousant ma grand-mère en même temps que la Provence.

La polka des soldats s'était éloignée au fil du temps, mais ils en parlaient et la fredonnaient toujours.

Puis, j'ai eu 20 ans et Cecil 63. C'était mon tour désormais de lui poser des questions.

— *C'est quoi au juste la polka, tu sais encore la danser Cecil ?*

— Viens, je te l'apprends, approche, tout de suite !

Je me souviens qu'il m'avait enlacée dans un tourbillon que je trouvais rigolo ; pas vraiment une danse, plutôt comme un twist à l'ancienne ; lui dansait bien, moi je me déhanchais comme une poule qui court. *Viens, poupoule disait le refrain...*

Puis, il avait mis une valse et m'avait entreprise dans la danse que je connaissais à peine. Il la murmurait en même temps que nous la dansions.

— *Tu la connais bien ? C'était celle-là ?*

— J'en suis certain.

— *Mais, c'est une valse de Vienne ?*

— Non, mais de là-bas, ça, c'est sûr. Ça te gêne ?

— *Comment tu fais pour te souvenir de tout ça ?*

— La musique d'abord, puis les notes qui te viennent sont toujours liées à une vision ou à une situation…

— *Mais pourquoi une musique allemande alors que c'était la guerre ?*

— Le rouleau l'avait dans son ventre et peut-être aussi que le piano était de là-bas.

J'avais du mal, et à le comprendre, et à danser la valse puis, tout s'était éclairé et cette danse souple, je l'adoptais ; quant au piano, Cecil m'avait expliqué que c'était un instrument à danser, pas comme les autres. Il contenait un rouleau où les notes étaient gravées, mais le piano avait aussi un clavier, ça il le revoyait…En dansant, il fredonnait des notes, justes, et puis quelques paroles aussi en français…

Ah c'est bon, oui, c'est bon de vivre…
La caresse, la promesse du moment…[38]

Je lui avais fait remarquer que c'était un texte d'amour ; il avait répondu dans sa langue… *and of war as well, gal !*[39]

Ces premiers pas de valse avec lui, je les garde en moi et, dans toutes celles que j'ai dansées dans mon parcours de femme, la silhouette du soldat Chapman se dressait discrètement et me guidait.

J'ai dit que j'aimais Cecil, adolescente ; je l'ai aimé, jeune adulte. Il ne tira avantage d'aucune situation, jamais ; je suis allée vers lui, en pleine conscience et le désir seul. Je me suis confiée à Antoine, pas aux femmes de chez moi.

— *Ma petite fille, ne t'attends pas à ce que je ne te gronde ni que je t'approuve, c'est un homme droit, l'Anglais, et toi, tu as la tête sur les épaules. Ta mère te dirait, je le sais, et je l'entends déjà… « tu es folle, ton avenir n'est pas avec un homme âgé et puis, qu'est-*

---

[38] J'ai su plus tard que cette valse était en effet une valse allemande de Franz Lehár ; lui ne connaissait pas l'auteur du texte français, mais il l'avait adopté.

[39] De guerre aussi, petite fille !

ce que c'est que ces manières de se comporter quand on est une fille !... », mais ta mère est devenue rêche et vide de sentiments ; ton grand-père a suffisamment vécu, trop longtemps et, mal, en plus, alors j'insiste justement sur la nécessité de vivre bien, c'est urgent pour tout le monde. Tout ce qu'on ne fait pas dans sa vie est un manque qu'on croit toujours pouvoir satisfaire et remplacer, mais il n'est pas vrai que le cœur se contente ni qu'un amour qui vient, même s'il est fort, chasse le précédent, si on n'est pas allé au bout des choses. Moi, fille, je n'ai rien à te dire...

Mon grand-père Antoine, malgré ses mots simples d'enfant de paysans franc-comtois, était un orateur et je le taquinais toujours sur ses discours. Là, si je n'étais pas coincée entre lui et moi, je l'étais entre moi et moi-même et mes parents. Je comprenais qu'il l'était aussi un peu, face à sa fille, mais à son âge, il ne craignait quasiment plus personne. Antoine ne me demanda plus rien à la suite de cet aveu ; il n'en parla à personne ni n'écrivit à Cecil pour aborder le sujet.

— *Tu es petite et grande à la fois, vis ta vie, mais n'écrase personne en chemin. Fais bien attention à toi. Et l'Anglais, tu ne l'abîmes pas, d'accord ?*

Intuitivement, je venais de percevoir qu'il se mettait à la place de Cecil, comme s'il avait souhaité lui-même être nourri encore un peu, son temps d'homme vieillissant, d'une relation semblable. Je n'étais gênée devant lui que pour cela.

1914. Le côté allemand

Qu'est-ce qu'on lui avait dit de la guerre, de la France, de l'armée de Guillaume et de François Joseph au petit paysan allemand de Langmühle, en Palatinat ? Et des généraux Von Kluck et Bülow aussi, quand on avait appelé ces jeunes garçons sur la place du bourg ? Qu'est-ce qu'il en savait de ce fatras, qu'il jugea plus tard sans doute, avec sévérité, lui aussi ? Il voulait quitter la terre des siens ; trop de labeur inutile, là ne se trouvait pas la vie pour Tillius Kummelein, un fils rebelle d'une famille pauvre de paysans avec six filles et trois jeunes garçons, une famille comme tant d'autres familles de la campagne allemande, que l'état de guerre, d'une manière ou d'une autre, allait affaiblir davantage.

Voir du pays, pas vraiment cette idée en tête chez Tillius, au début de l'autre siècle, mais le pasteur, son seul modèle d'enfant, montrait sur la carte, des mers, des paysages d'ailleurs, des gens déguisés d'un vêtement autre, à la peau et aux traits différents. Alors, Tillius s'était mis à dire au vieux monsieur qu'il aimerait aller sur la mer, il ne la connaissait pas ; sur toutes les mers. Quand le bourgmestre était venu dans les familles y chercher les garçons pour cette guerre imminente, il en fallait beaucoup, Tillius s'était déjà porté volontaire une fois, sans en avoir l'âge, pour la conscription.

On ne regarda pas sa jeunesse ni sa taille d'adolescent, il partit vers les premiers combats sans savoir de quoi était faite cette 2e armée ; il se sentait fort quand on attaqua la France. Puis il vit les soldats de là-bas, aussi jeunes que lui ; il en trouva aussi de plus usés qui ressemblaient à ses parents, gens de la terre, peu bavards et sachant l'effort quotidien. Il les découvrit de l'autre côté de la frontière, juste de l'autre côté, mais aussi plus tard vers Paris où on lui disait que son régiment serait bientôt. On n'y parlait pas son dialecte, mais les mots étaient jolis, bien plus jolis que ceux qu'on lui criait dans sa langue à tous les instants, car il lui semblait qu'un mot n'était jamais laid, ça dépendait de ce que l'on en faisait…

Il avait 19 ans à Blâmont, en Lorraine allemande[40], une appellation commune parmi les soldats allemands ; il n'avait rien d'autre à faire que de se battre, on le lui répétait en avançant ; le soldat, pourtant, qui piétinait les corps de garçons de son âge, comprenait si peu les ordres ; surtout ceux qui lui disaient d'avancer toujours, de ne jamais s'arrêter et de ne jamais regarder la mort. Il ne cherchait pas son regard, elle s'imposait à lui à chacun de ses pas en terre étrangère. Il était pris dans un étau d'où il ne sortirait pas vivant, c'était ce qu'il pensait. La consigne était de s'accrocher à l'idée que lui était vivant, qu'il était le plus fort et qu'il fallait gagner absolument. Pas s'occuper des camarades qui étaient déjà tombés ni du jeune pasteur de la compagnie qu'il avait laissé sur le sol, déchiqueté et dispersé sur d'autres soldats, pas des leurs, mais tous broyés et désarticulés. Avec si peu d'âge et si peu de connaissance, il sentait pourtant sourdre la révolte et tous les enseignements lui devenaient flous, même s'il lui fallait avancer.

Il se retrouva un matin de grande tuerie dans une plaine hostile où la mort, en fumée, en cris et en sang, étendait partout sa chape grise. Tillius priait comme on le lui avait appris ; une prière par mort, deux mots parfois pour que leur âme pût s'en aller en paix. Tillius priait. Il continuait sa marche sur la terre de France, à découvert, offert au feu. On lui avait dit *tu verras on sera bientôt à Paris*. Pour lui, qui savait le violon et jouait sur l'harmonium au temple, Paris évoquait la musique, la belle vie ; pas plus que cela. Mais ce n'était pas ce qu'il voyait, pas cette France-là, au quotidien. Il ne réclamait pas Paris, il n'aurait pas osé quand ses camarades criaient en mourant Maman *! Maman…* La sienne, une paysanne épuisée, lui avait cousu sur la doublure de sa veste de petit soldat, juste au niveau de la poche du cœur, une médaille de fer-

[40] La Lorraine et l'Alsace étaient allemandes depuis 44 ans en 1914.

blanc et la prière de son enfance, tirée du livre du soir… *Le Seigneur fait mourir et fait vivre ; il fait descendre au séjour des morts et en fait remonter*[41], mais maman était partie en même temps que lui et il ne savait pas si elle était remontée ; ses sœurs, elles, n'écrivaient pas, car, sauf la plus grande, aucune ne savait encore le faire ; on lui envoyait juste de quoi survivre au front et une petite partition roulée quelquefois… *N'oublie pas de jouer, lui disait Lore, son aînée, tu as au moins l'harmonica sur toi.*

Jouer, ça oui, mais il en étouffait le son, comme il étouffait les larmes, Tillius. De colère, le jeune rebelle.

---

[41] Texte de l'Ancien Testament sur la résurrection (1 S2, 6)

III – L'ENQUÊTE
Éclaircissements. 1959

J'avais dit à Cecil qu'un jour, quand j'aurais une voiture, nous irions ensemble, en Picardie et dans la Marne, sur les chemins du souvenir, les siens. Antoine, mon grand-père était déjà malade et il ne voulait plus se souvenir. L'immédiat seul comptait. Pourtant, il nous aidait grandement dans nos recherches, celles de Cecil surtout, et il écrivait pour lui, inlassablement, aux archives, aux musées de la guerre et à ceux de l'Oise, aux maires des communes où il avait combattu au début de la guerre. Il achetait des cartes postales des fronts quand il en trouvait ; de ces cartes devenues grises au toucher et qui comportaient toutes des mentions écrites par les soldats à même la photo. Des cartes qui disaient toujours la bonne santé de ceux-ci, car il ne fallait pas effrayer les familles ni faire savoir vers où le régiment se déplaçait. C'était la consigne, ou plutôt la censure de ces temps pas sûrs du tout.

Antoine faisait ces recherches pour les partager avec son ami anglais de bonne volonté, en discuter par mon intermédiaire et, plus tard, un peu pour moi qui lui semblait intéressée. Il continuait aussi à écrire aux adresses de ces soldats d'un temps, qu'il avait consignées dans le petit carnet noir qu'il avait toujours avec lui sur le front ; un carnet que j'ai conservé et que je feuillette, quand il m'arrive de le reprendre, avec beaucoup d'émotion. Il est précis et je le suis parfaitement dans ses déplacements, le plus souvent à pied ; il parlait de la mort avec détachement, sûrement pour pouvoir avancer ; pas d'effusions, ni de colère alors, tout était intérieur. Trois mots sobres seulement pour mentionner le moment de la sépulture de copains ; *Sylvain et Delestrade sont enterrés…* C'était tout. Il questionnait aussi, régulièrement par courrier, des hommes du pays de là-haut, chez lui, en Franche-Comté ; la 7e région. Ici, en Provence, il s'était fait des amis, mais leur expérience du front, s'il la partageait par les conditions communes, il ne pouvait pas, dans ce qu'ils racontaient, y retrouver les siens. Certains de ceux-ci ne répondaient pas, souvent ils ne le pouvaient plus, car ils étaient partis depuis longtemps.

Avant ma naissance, c'était bien grâce à ces adresses de son carnet et après les premiers courriers de Cecil, qu'il s'était souvenu de la rencontre avec l'anglais ; en effet, ce nom *Cecil Chapman, BEF,* suivi d'une date – Antoine datait toujours, comme le maître le lui avait appris chaque matin- y figurait dans la colonne *ambulance*[42]. Et, au bout de la longue période qui avait suivi, avant que l'autre guerre ne les maintînt dans leur pays respectif, ces deux-là ne s'étaient plus jamais plus éloignés l'un de l'autre, puis, au fil du temps, j'étais devenue leur faire-valoir.

Quand Cecil l'avait interrogé sur la nuit de la danse, et il l'avait fait souvent, mon grand-père avait toujours été mal à l'aise.

— C'était un boche qui était parmi nous, le major avait dit de ne pas le toucher, qu'il fallait rendre les prisonniers intacts…

Le major savait que les Boches reculaient et que la retraite était amorcée, cette autre semaine de septembre 1914. Il savait aussi qu'ils ne réclamaient même plus leurs prisonniers et qu'ils laissaient leurs blessés sur place. L'armée magnifique de Von Kluck se retirait, elle n'aurait pas Paris.

Antoine revoyait bien cet enfant, fait homme par l'armée, que l'on avait amené à l'ambulance ; un pauvre gamin, sans uniforme et qui boitait ; un soldat, lui ? Il s'en souvenait comme un intrus dans la guerre. En revanche, de Cecil, à

---

[42] En 1914-1918, une ambulance est un hôpital mobile de campagne, en dur ou sous tente, équipé pour les premiers secours et soins et pour l'évacuation des blessés. Cet hôpital est dirigé par un médecin-major.

peine plus jeune que Tillius, il n'avait pas conservé une vision précise, sauf qu'il était grand et maigre « *comme un Anglais* », ajoutait-il en riant volontiers, quand il le lui avait dit plus tard.

Il avait eu beau expliquer aux autres soldats pourquoi on les soignait et les nourrissait, ces prisonniers alboches, alors qu'eux avaient l'ordre de les tuer ; il fallait insister sur l'idée qu'un blessé, quel qu'il fût, était un homme blessé et qu'il y avait des conventions humaines et aussi des textes qui faisaient respecter un prisonnier. Le jeune Boche, si discret, était blessé et on le soignerait d'abord comme tous ces malheureux enfants de la patrie, puis il serait fait prisonnier.

Personne ne sut pourtant ce soir-là de feu et de sang au mois de septembre de l'année 1914, que la folle polka jouée, sur l'immensité dévastée tout autour, était menée par l'ennemi, sur le poste… Les notes arrivaient, c'était tout ; on ne pensait pas à la forme humaine qui activait ces notes et qui ressemblait, sous sa veste déchirée de fortune, à un soldat de la France. Le garçon allemand, si petit, jouait sa musique… Un soldat français d'une des compagnies présentes sur les lieux à ce moment-là a peint cette scène plus tard ; il avait écrit à ses parents, au lendemain des combats, que le piano jouait tout seul, comme s'il était devenu fou, mais... Les soldats dansaient, c'était vrai. Ceux de la troupe survivaient comme ils le pouvaient, matin après matin.

Certainement que lui aussi avait dansé, Antoine, mais le seul souvenir de cette nuit tiède, sans saison, cette nuit de contacts avec ces hommes survivants, qui se frôlaient dans une puanteur de corps sales et se touchaient forcément, au milieu des camarades morts, le dégoûtait. Cela, il parvenait à le dépasser, car ce n'était pas l'approche entre deux hommes qui le dérangeait, pas ça, il y était habitué, mais le sentiment de culpabilité d'oublier les morts sur place, ceux-là mêmes qui venaient de tomber à ses côtés et continuaient à appeler à l'aide dans un cri, un unique cri, puis plus rien.

Que la vie pût renaître aussi vite au fond de nous, sans pudeur ni respect, le terrorisait, le renvoyant à sa conscience d'homme seul… *Nous sommes des bêtes, pas plus*, se répétait-il, tout bas. Le mépris de soi-même, c'était ce qui avait toujours dominé chez Antoine depuis SA guerre.

Je tenais ces données, non pas de lui en direct, mais parce qu'il en parlait à Cecil et que c'était moi qui traduisais la lettre. Mon grand-père ne pouvait pas penser que le jeune garçon roux, récupéré à l'ambulance quelques jours avant, allait être l'animateur d'un moment magique d'une nuit sombre. Il l'avait trouvé un matin au pied de la charrette des morts et il l'avait seulement aidé à se mettre sur pied et pour que la blessure ouverte de sa jambe fût vite soignée. Antoine se souvenait simplement d'un homme hébété, au regard vide, qui souriait dans un rictus incontrôlable ; qui semblait pourtant reconnaissant. De tout le reste, rien. Tout ce reste faisait partie de l'histoire rapportée par l'anglais. Et, dans son for intérieur, cela lui faisait plaisir, à Antoine, que cette histoire eût du sens et pût être vraie. Et surtout être rappelée.

Les effrontés. Été 1960

Cet été-là, je l'ai écrit, j'ai eu vingt ans et Cecil m'a aimée.

Devant moi, il n'y avait plus le jeune soldat fou qu'il avait dû être, à en juger ses récits passionnés et qui, alors, devait sûrement vouloir vivre pleinement ses permissions qui n'allaient pas durer ; pas non plus un homme pressé, qui se serait étourdi dans ce que lui donne la vie dans une phase tardive et qu'il aurait pris goulûment. J'avais tout près de moi un compagnon attentif qui en était arrivé à la lenteur et par là, dans son avancée, se moquait de toutes les règles ; celles de l'amour calculé et retenu, comme celles de la bienséance de ces années qui n'en pouvaient plus d'attendre la libération des relations amoureuses. En voulant la décrire, je réduis forcément la teneur de cette connivence faite de sentiments puissants…

Cecil était un homme qui avait l'intuition du bonheur, le don du plaisir aussi.

Il demeure en moi, en rédigeant ces lignes, ce frisson de la découverte des corps ; je ne savais rien de tout cela alors ; aucun garçon de mon âge n'avait eu la patience d'attendre et d'espérer les sensations magnifiques qui se révèlent dans l'approche et le frôlement, dans l'échange parfait enfin, qui va durer, durer… J'ai découvert, il n'y a pas si longtemps, un texte de Jean Ferrat, un chanteur que j'apprécie, un long poème où il décrit avec ses mots ce qui ne peut pourtant se décrire…

…Pour cet instant de trouble étrange où l'on entend rire les anges avant même de se toucher…et ce désir qui s'impatiente aux pointes de vos seins levés[43]*…*

---

[43] « Je vous aime. » Disque *La Commune*.1971.

Cecil avait en lui la certitude que, de cet échange qui était le nôtre, j'allais m'en souvenir sur mon chemin de femme… Ce fut vrai ; il savait si bien la caresse sûre, la belle tendresse du geste et les mots sobres, si justes… Qui lirait mon cahier penserait que mes phrases sont pauvres et par conséquent inutiles ou alors qu'il faut décrire un acte d'amour. De l'utilité d'écrire sur le sexe, je n'en suis pas convaincue. Livrer des émotions, oui. Car il est doux de se les rappeler toujours et de les consigner pour soi-même, la relecture tardive les retrouvera avec une intensité accrue…

Trois années, si courtes, où nous avons été heureux, l'un par l'autre, Cecil et moi. Un mode de vie entre nous ; l'insouciance et le secret aussi…entre le soldat, figé dans son âge d'homme fort qu'il était resté et que je ne voyais pas vieillir, et moi qui grandissais parce qu'il le fallait, mais qui ne pouvais me détacher de lui.

La différence d'âge heurta nos proches… Honteux, diront aussi certains tristes qui bornent le bonheur à un âge et à des convenances. Convenances…

Ni Cecil ni moi-même n'avions le souci de ces carcans bien ancrés dans les époques que nous avions traversées et traversions encore ; pour lui, une Angleterre prude, héritée de l'ère victorienne où la femme suffragette et suffragiste, s'était pourtant, la première, dégagée du joug masculin ; pour moi, une France taiseuse où LA règle famille-travail-patrie avait ouaté, dans les années quarante, d'une manière hypocrite, tous les secteurs de notre société et nous avancions encore sur des chemins où le non-dit était de mise.

— *À ton âge, on ne fait pas une chose comme ça !*

Ou encore :

— Tu es une fille, ne l'oublie pas, reste à ta place !

Ma mère, qui n'avait jamais été rigide, mais l'était devenue sous le boutoir des épreuves de la vie, m'avait pourtant, dans le domaine de l'éducation sexuelle, « déniaisée », je n'ai pas trouvé un autre mot que celui qui s'applique d'ordinaire aux jeunes garçons, en m'expliquant très tôt les jeux et les codes, tous permis pour elle, entre une fille et un garçon. Elle m'avait surtout détaillé, pour mes années anglaises, les moyens pour ne pas *écoper d'un bébé* (sic !) et expliqué en détail notre fonctionnement animal. Bref, ne pas faire l'amour en ayant peur, mais en pleine connaissance du terrain et de ses conséquences. Chose qui rendait ma mère jeune d'esprit par rapport aux mères de mes amies de l'époque, car elle accordait au plaisir une place de choix dans toute expérience... Et elle me le disait, il y a quelques années encore. Mais, pour ce qui était de ma relation avec Cecil, elle avait des réticences en tout.

Cecil n'avait jamais changé ses attitudes envers moi ; j'arrivais, il me voyait et m'ouvrait toujours les bras. Ma petite fille disait-il, et je l'étais, car nous avions tellement échangé en promenade et partout.

Antoine, chaque fois que je partais retrouver Cecil, n'en éprouvait aucune jalousie et me disait tendrement :

— *Je te confie au vieux soldat, il saura faire !*

Cela pour dire aussi que son copain anglais remplacerait avantageusement mon grand-père le temps que je passerais en Angleterre.

Son copain anglais...

Cet homme que je voyais, bien sûr, âgé, avait une douceur qu'aucun garçon de mon âge, ni même plus vieux, j'insiste, n'avait, ne fût-ce que pour m'embrasser sur la joue ou danser un slow de ces années soixante. Tous faisaient des mines par timidité sans doute ; d'autres crânaient pour se donner du courage et, quand d'aventure, l'un d'eux se retrouvait avec moi, très, très près, il restait emprunté ou devenait violent dans sa rapidité. Cecil fut celui qui, connaissant bien les femmes, sans aucun doute, sut faire naître en moi cette tendresse inouïe qui vient de la gratitude. Il me revient encore aujourd'hui que les gestes de l'amour, entre nous, avaient une dimension quasi mystique ; un engagement qui nous subjuguait, nous grandissait...

Un jour où curieusement nous ne parlions pas de sa guerre de jeunesse, mais où il me racontait une démarche douloureuse vécue pendant la Deuxième Guerre, Cecil s'était effondré doucement, bouleversé qu'il était, par la scène qu'il me décrivait. De ces événements, qu'on n'a pas laissés traîner dans des livres d'histoire, je n'en ai entendu parler que par lui, mais je l'ai vérifié par la suite.

Dans ce temps dont il me parlait, il avait été, à plus de quarante ans, jugé trop âgé ou trop abîmé – j'ai déjà parlé de ses blessures – pour servir l'armée une nouvelle fois, quand Chamberlain annonça en septembre 1939, au peuple britannique que son pays avait déclaré la guerre à l'Allemagne ; on l'avait affecté aux services de la British Red Cross pour intervenir dans le Londres bombardé de l'automne 1940. On éloignait les enfants de la ville, de toutes les villes, dans le but de les mettre à l'abri et les protéger.

Cecil avait conservé sur lui, un petit dessin, plié et replié de l'époque qui représentait une affiche diffusée alors ; on y voyait un vieux soldat qui disait à un enfant : *Petit, pars loin de Londres, c'est à nous de faire le travail maintenant !*

Des trains entiers, dès 1940, acheminaient les enfants, ou à la campagne ou vers un paquebot qui les emporterait, à l'abri des pilonnages, en Australie ou dans un autre pays du Commonwealth, le temps que la guerre fût finie ; des scènes où des colonnes entières de petits qui piaillaient, pleuraient et criaient sur les quais de la gare Victoria ; des scènes où des mères hurlaient rendez-le-moi, ou bien s'évanouissaient, déchirées de laisser là, un, deux ou parfois trois enfants. Cecil ne résistait pas à ces cris et en bravant la foudre des infirmières, remettait les petits en douce aux mamans, les suppliant cependant de bien les protéger, car les bombes, elles, ne les épargneraient pas.

– Une mère éplorée est une mère qui meurt, Lill'gal ; une de celles qu'on a tenues dans ses bras un jour, qu'on a aimée follement jusqu'à semer dans son ventre un enfant. J'éprouvais du respect pour ces femmes, mais aussi de la tendresse. J'ai laissé s'en aller des tas d'enfants et je les pleure encore...

Les journaux attestaient qu'ils étaient partis, à l'abri de la destruction ambiante, mais il fut démontré qu'on avait, des années après la guerre, perdu toute trace d'un grand nombre de ces enfants qu'on avait voulu sauver en les expédiant si loin de chez eux.

C'est ce souvenir qui avait atterré Cecil dans le récit qu'il en faisait, et qui tout naturellement m'avait rapprochée de lui. Je me revois entourer de mes bras, comme une mère que je n'étais pas, cet homme de grande taille qui tremblait contre moi ; je l'ai serré plus fort encore et il s'est laissé aller. Il me revient que je l'avais embrassé sur le visage comme on le fait avec un tout-petit qui palpite sous nos caresses dans ses tressaillements du corps, sauf que c'était un homme que je tenais serré… pour apaiser ses pleurs d'homme. De la sollicitude tendre qui mène à une tendresse plus grande encore où n'intervient plus aucune hiérarchie d'un savoir quelconque amoureux ou de l'expérience de la vie, où ne compte pas non plus l'âge qui prévaudrait dans une autre circonstance.

J'avais 20 ans, lui, 63… Gardez votre étonnement, plus encore, votre jugement.

Trois années… puis Cecil fut atteint *d'une immense langueur*, comme le confiait Marga, sa fille, à ma mère ; elle saurait bientôt à quoi attribuer cette amorce d'écroulement physique.

Effrontée ! C'était le mot de mon père qui m'avait jugée avec sévérité lorsque ma mère lui avait finalement raconté mes escapades anglaises, et condamnée pour avoir aimé un homme qui avait plus d'âge que lui-même.

Effrontée, je l'étais comme l'avait été ce piano dans ce champ décharné de l'Oise, entre Brégy et Bouillancy… Il avait eu, lui, le toupet de vouloir égayer des hommes meurtris sur un lieu de durs combats ; la chance aussi d'être ressorti, abîmé, mais vivant, des douleurs du feu ambiant, en gardant la mémoire des notes, fidèle à ce qu'il avait été… Piano de cabaret, piano de pauvres, il avait vécu sa vie comme il l'entendait, dans l'inconvenance la plus parfaite. Reconnaissant sans doute envers le jeune officier allemand qui, pendant la guerre suivante, lui avait permis de revivre. Et c'était bien.

Témoignages. Oise, 1963

Passé Meaux, nous étions arrivés à Brégy. Des champs calmes plantés de betteraves qui avaient eu un demi-siècle pour digérer, dans leur terre, les métaux d'un lourd passé d'affrontements armés. Les lieux étaient aussi ceux-là mêmes où les deux soldats avaient dansé la polka ou la valse, peut-être les deux. Ces noms inconnus, je les gardais en tête comme un leitmotiv. Brégy, Bouillancy, Betz, Nogeon, Puiseux, Etrepilly, tous au nord et à l'est de Meaux et pas loin de l'endroit de la bataille où l'Ourcq grossit la Marne, disait la carte de l'Oise, l'article de l'Illustration aussi.

Depuis les récits des soldats, j'avais, à mon tour, étudié inlassablement la bataille de l'Ourcq, les combats de la Marne aussi, prenant des repères, demandant des rendez-vous, écrivant aux services des archives militaires. Puis, je m'étais mis en tête d'emmener sur les lieux, mon grand-père et Cecil, que j'avais plaisir à avoir à mes côtés et à savoir réunis. Nous étions en 1963... Ni l'un ni l'autre n'étaient détendus pendant ce parcours du souvenir, aucun n'avait de paroles inutiles ; nous marchions et chacun se parlait à lui-même dans sa langue, en bribes, en phrases courtes, le doigt levé vers un élément improbable du paysage, la main en visière pour déceler au loin un non moins improbable ennemi. J'étais là pour les guider, sans plus, les questionnant toujours pourtant.

Nous sommes arrivés à Brégy, le curé nous attendait ; dans une courte missive, il n'avait, dans sa réponse, livré à Antoine que très peu de choses en somme, mais il avait noté *j'ai interrogé le père de l'instituteur, il sait que vous venez.*

Le village était un lieu paisible. Il avait été, lui, peu touché par les combats de 14 qui s'étaient tenus pourtant tout près, à Douy, Puiseux, Nogeon, à peine plus à l'est. Il avait servi d'ambulance du front. Il laissait donc imaginer le bourg comme les soldats l'avaient connu. Ses maisons anciennes, son grand café de l'angle, au centre du village, et l'école de l'autre côté ; à la sortie du village, en contrebas, une maison bourgeoise ou petit château, les lieux mêmes qui avaient servi d'infirmerie ; on pouvait le visualiser dans son état de petit château au début du siècle, avec une activité agricole tout autour. Brégy, minuscule et plus chanceux que tant d'autres villages alentour, qui comme lui, posés au bout d'un champ ou d'un autre, s'étaient trouvés sur la ligne des fronts parce qu'ils étaient à une soixantaine de kilomètres de Paris seulement et que Paris était la cible privilégiée des états-majors allemands. Des bourgades, qui se découvraient au détour d'immenses parcelles plantées de betteraves et de céréales. Là, partout, une année de fureur, la terre avait été ouverte profondément, sur des distances interminables pour y disposer l'abri de fortune. Défenses alliées, défenses allemandes, qui s'étaient activées en cinq journées infernales, début septembre 1914, pour protéger Paris, quand l'ennemi s'ingéniait à vouloir la posséder.

Un village tranquille, donc, Brégy, comme si la guerre n'avait jamais sévi sur ces terres, cinquante ans auparavant ; rassuré enfin devant le repli de l'ennemi.

Ce que put nous livrer le curé ce matin-là était le souvenir écrit de la vieille servante de la cure d'alors, qui avait, à l'époque qui nous intéressait, tenu un journal des va-et-vient sur les lieux, dès le début des combats de l'Oise. Elle écrivait tout, jour après jour. De ces carnets, il y en avait une dizaine. À sa mort, ils étaient devenus la propriété du presbytère. On y lisait un langage simple d'une paysanne de bon sens, à qui, pourtant, on avait appris à écrire ; des détails précis sur l'avancée des fronts, mais aussi sur la vie au village où étaient acheminés les blessés.

À la date du 6 septembre, elle mentionne la présence du jeune Allemand *le jour de la charrette qui avait été conduit à l'ambulance sur les lieux*. Il avait disparu après, pas bien loin, *caché dans une cave* puis il avait été rattrapé et fait prisonnier.

Elle fait, en phrases courtes, un compte rendu minutieux et détaillé de tout ce qui se passe autour d'elle, de ce qu'elle sait, de ce qu'elle voit, de ce qu'on lui raconte ; des combats aussi, car elle s'informe auprès du prêtre. Ses mots sont sans haine envers les soldats allemands attrapés ces jours-là. Elle donne une description du garçon. Elle écrit qu'il est tout petit, un adolescent qui ne tient pas en place ; il se contente de peu, se glisse partout, on ne l'entend pas sauf quand il joue de son flûtiau ou de l'harmonica ; là, elle n'est pas précise ; elle ajoute qu'il connaît tous les instruments. Avec elle, il est gentil. Il se met à parler parce qu'elle va vers lui et qu'il est le seul si jeune. Il n'est pas haineux comme les autres prisonniers. Elle comprend assez bien son français, sa mère le lui avait enseigné ; il vient de loin, de Rhénanie, c'est ce qu'il répète, calmement, et tout le temps. Elle l'apprivoise comme elle a l'habitude de le faire avec les enfants au village. Il se met à lui répondre, à lui raconter sa vie, là-bas avant la guerre.

Il n'aimait pas son père qui le battait depuis l'enfance. Il était le troisième garçon d'une famille nombreuse, avec beaucoup de filles ; on l'avait appelé Tillius parce que le pasteur l'avait décidé. L'enfant devait être vif et apprendre vite ; au temple, les anciens lui enseignaient à peu près tout et il y allait volontiers. On lui avait même parlé de la guerre, la vieille guerre de France et la suivante ; *fais-toi soldat, tu voyageras et tu auras du travail à l'Ouest…* Il avait voulu s'enrôler très tôt, mais il était parti à 19 ans vers la France pour les premiers combats. Il allait voir du pays en effet. Du côté de la Lorraine, il y était pour découvrir la guerre, puis on l'avait envoyé jusqu'ici.

Avec lui, au début, beaucoup de jeunes qui n'avaient pas peur aux côtés d'aînés aguerris, rusés et déterminés. Son unité était faite d'hommes qui ne reculaient devant rien. Aux premiers jours de septembre 1914, on en avait pris 20 en un rien de temps de ces soldats jusqu'au-boutistes qui avaient faibli pourtant aux yeux des gradés puisqu'ils se retrouvaient prisonniers. Blessés pour la plupart et soignés dans les ambulances de campagne. Sur la charrette des morts, ceux qui avaient péri de dysenterie et ceux aussi, trop faibles et hébétés comme lui, que l'on avait jetés sur le tas. Pour ceux-là, les soldats français avaient fini par ne plus avoir de hargne, usés pour la plupart et devenus presque complaisants à l'égard de ces pauvres gamins, objets de volontés militaires qui les dépassaient déjà de leur vivant. Tillius avait fait partie de la charrette des morts d'où il était tombé. On avait traîné le soldat allemand, sans calot et dans une tenue déchirée, jusqu'à la première ferme qui servait d'infirmerie ; là, on l'avait soigné sans le déclarer à quiconque dans la désorganisation générale. Les champs brûlaient sous le feu au point qu'on ne savait plus où était la ligne des combats ni qui était français ou anglais ou même allemand quand l'uniforme était perdu, abîmé ou sali.

Plus tard, nous avons été reçus par le père de l'instituteur qui nous attendait, étonné devant notre intérêt pour le sujet que nous avions évoqué auprès du curé. Lui, en 1914, avait été envoyé combattre sur un autre front français ; à son retour, il s'était attaché à ce que les siens au village avaient subi en septembre de ce début de guerre. Il avait récupéré auprès des familles du département et rassemblé, entre autres documents gardés dans la famille, quelques notes supplémentaires, de nombreux croquis avec le plan de Brégy et alentour avec, signalé d'une flèche, le Château d'en bas. Se repéraient de minuscules talus sur les lieux des terribles affrontements où se trouvaient les tués, à peine plus d'une lieue de la sortie du village, des carrés pour symboliser les fermes et des directions avec mention du nom des villages voisins. Il y avait quelques photos claires de groupes de prisonniers dans leur uniforme. Des croquis d'individus isolés aussi, occupés à des tâches diverses qui, avec les chevaux, qui à la soupe, qui fumant une pipe. Il y avait trois esquisses au fusain représentant un jeune garçon, recroquevillé et qui jouait de l'harmonica ou qui cachait sa tête entre ses bras ou encore regardait au loin dans un profil au front sévère. Au dos d'un dessin, une mention soulignée : *l'Allemand du piano ?* Enfin, dans une boîte en fer, une liasse de petits carnets, confisqués aux prisonniers sans doute ; sur l'un d'eux se lisaient le nom de Tillius Kummelein et un lieu en Allemagne. Le carnet contenait des prières et des textes de chants, entrecoupés de mesures et de notes.

Le vieux monsieur ne pouvait rien dire d'autre sur le jeune allemand ; ni comment il avait été fait prisonnier ni où, ni ce qu'il était devenu ensuite. On disait qu'il vivait entre la France et « la Germanie », une manière qu'on avait de nommer l'Allemagne, encore dans les années soixante qui étaient les miennes ; une façon de parler qui laissait apparaître de la dérision ou peut-être un reliquat de colère.

Il nous restait à rencontrer le jeune Tillius du temps évoqué, un homme qui devait avoir à peu près l'âge de Cecil... Mais si longtemps après, il nous semblait si peu réaliste de trouver une piste...

La note sur l'Allemand au piano nous avait fait réfléchir et nous étions revenus plusieurs fois sur ces données fragiles et sur la danse des soldats ; toutefois, ce que j'entendais m'était incompréhensible. Il nous manquait un maillon. Antoine ne pouvait plus rien ajouter.

Je ne suis retournée sur ces lieux de bataille que deux ans plus tard. J'avais rencontré entre-temps le père de ma fille et j'avais un bébé. Mon grand-père, cette fois-là, ne nous accompagnait pas. Lui et ma grand-mère me gardaient ma petite-fille. Cecil, malgré l'épuisement qui ne le lâchait pas, avait voulu m'accompagner ; nous avions refait inlassablement le parcours, depuis Brégy jusqu' à Bouillancy, Acy, puis retour par Fossé-Martin. À Acy, le jeune maire nous avait écoutés, car dans la petite commune quelques anciens, soldats de 14, nombreux encore à cette époque, voulaient tous nous rencontrer, curieux devant notre recherche.

Il y avait avec lui une dame de l'âge de ma grand-mère, très vive et dont les parents tenaient encore le café de Brégy en septembre 1914, celui au coin de la rue. Elle avait dans ses mains des cartes postales des lieux et quelques photos. On en prenait peu en ce temps-là sauf quand l'événement en valait la peine ; ces photos souvenirs provenaient des archives personnelles des habitants et montraient les belles maisons d'avant, la tonte des moutons ; le timbre nous indiquait la date. Sur une carte de 1915, une main tardive avait ajouté *Brégy, 500 habitants.*

Quelques clichés plus personnels montraient une nouvelle fois les charrettes conduites par des soldats anglais que suivaient quelques hommes des nôtres ; l'uniforme l'attestait. Sur une charrette un chargement énorme que j'assimilais à des cercueils. La Pauline, c'était le nom de la vieille dame, s'était insurgée : *Non, tout faux, il n'y en avait pas, de cercueils !* Et elle m'avait tendu d'autres clichés ; sur l'un d'eux, on lisait Puiseux et La ferme de Nogeon et Étrepilly ; partout se distinguaient des croix et des tumuli à même le sol, contre le mur d'une belle propriété, des croix simples de bois ordinaire. La vieille dame avait continué…

– Non, c'était l'instrument, on disait qu'il venait du front et qu'il fallait le cacher des boches et le garder, sinon, ils le détruiraient à coups de hache, surtout que c'était la défaite pour eux.

La femme était précise et Cecil, qui la suivait difficilement à cause de ses intonations fortes de paysanne picarde, avait vaguement compris que le courageux piano noir avait été sauvé. Avant de pouvoir lui en demander davantage, elle avait précisé que l'autre guerre et l'occupation allemande avaient fait disparaître *le meuble,* c'étaient ses mots, mais elle connaissait quelqu'un qui pourrait nous aider.

Et on nous aida en effet. Dans une grande ferme avant d'arriver à Bouillancy. Une autre femme, à peine plus jeune que la précédente, qui, elle aussi, avait servi le jeune curé de la paroisse. En 1940, celui-ci avait caché des familles dans les caves de l'église. Elle était intarissable et se souvenait de ces caves, du sous-terrain qui y menait. Les fûts dans le presbytère étaient désaffectés et il y avait là tout un capharnaüm, c'était aussi le mot de l'ancienne, une femme qui avait une bonne mémoire et semblait cultivée ; les photos qu'elle avait prises dans le meuble de l'entrée montraient en effet un beau désordre d'objets hétéroclites, provenant des caves éventrées, à la suite de recherches par l'ennemi en place ; elle continua à décrire la photo…

– Oh, le boche qui parlait bien notre langue, curieusement s'est seulement occupé de l'objet noir, vous le voyez là contre le mur ? C'est un piano abîmé par la guerre ; je me souviens pourtant que la patine était encore brillante. On devinait un nom sur la photo ; une écriture germanique ; une date figurait, gravée dans le bois : 1881 ; je crois bien que malgré la saleté et la poussière, l'objet avait été entretenu. Je peux vous dire que s'il ne l'était plus depuis longtemps, le rouleau central, lui, fonctionnait encore et conservait de belles sonorités mécaniques ; un vrai musicien l'aurait remarqué. Et puis, une unité allemande qui cantonnait dans le village en janvier 1941 a emporté le piano.

Nous avions insisté.

Sur une photo, sans doute prise par un soldat, on découvrait la charge hissée dans un camion de l'armée allemande pour une destination nouvelle. La trace de l'instrument s'arrêtait là. De fil en aiguille un autre témoignage nous était parvenu ; le jeune officier allemand qui suivait l'unité engagée sur ces lieux était médecin ; il parlait le français et il avait voulu rencontrer, en toute discrétion, le vieux médecin de la commune ; il lui avait laissé une adresse sur papier d'un facteur d'orgues de sa ville, en Forêt noire, pas loin de la frontière ; et il avait ajouté son nom et son grade ; il avait rédigé une courte lettre témoignant de son intention de remettre un jour, au village, s'il survivait, ce piano de l'autre guerre. Cela nous semblait courageux de la part de l'ennemi de l'époque.

Nous avions accumulé des données précieuses, mais qu'en faire, de ces données, si longtemps après ? De ces renseignements qui, tout au plus, s'emboîtaient comme poupées gigognes, de guerre en guerre sur cinquante années de vie et de mort ? J'étais assez perplexe, mais à vingt-cinq ans, on a toutes les audaces et Cecil Chapman, dans ce domaine, me montrait l'exemple. Il croyait ferme que nous étions sur de bonnes pistes.

Si loin toutefois d'être arrivés au terme de nos recherches…

De Tillius, l'alboche

Je n'en ai pas parlé aux deux soldats, mais j'ai fait des recherches de familles en Allemagne. J'étais obstinée et cette histoire de piano et de danse me fascinait depuis que j'en avais eu connaissance. L'adresse du jeune soldat allemand sur un morceau de carton sale, fixé avec une médaille à même sa chemise, avait été récupérée à l'ambulance et Antoine avait noté cette adresse dans son calepin qui me livrait peu, mais mon grand-père, lui-même, n'en savait pas davantage.

Je me suis mise alors à écrire là-bas dans son village, j'ai interrogé l'armée qui, à la fin des années soixante, sans doute très préoccupée par le « péril rouge », ne livrait encore rien au public même pas sur les prisonniers ennemis de la guerre précédente.

J'ai eu 30 ans, j'avais demandé le divorce et je me sentais plus libre désormais.

Avec Marc, mon plus jeune frère, qui parlait la langue allemande mieux que moi, nous sommes allés à deux reprises sur les lieux que m'avait indiqués, à l'économie, le carnet de mon grand-père. Presque à l'aventure, en somme.

Une famille qui existait encore, aux dires de certaines personnes âgées rencontrées dans le village allemand de Langmühle, en Rhénanie, mais qui semblait, suivant la plupart des témoignages, avoir émigré en Pologne et en Autriche, d'autres disaient qu'ils n'avaient pas vécu, ils étaient « anormaux » selon eux. Nos pistes étaient hypothétiques et minuscules.

Marc n'hésita pas à frapper à la porte de l'église réformée, à prendre sur place des contacts auprès des villageois et dans les cafés ; toujours son carnet à la main, il interrogeait les gens simplement en disant qu'il recherchait la famille Kummelein, Kummelain ou Kummerlein et un soldat de la

Première Guerre. Mais en vain. Nous avions fait une liste après recherches, des familles Kummer, mais avec cette seule graphie. Marc m'expliquait que la finale *lain* ou *lein* avait tellement de sens qu'il hésitait entre *le lien, le tisserand* ou *le déjeuner* quant à Kummer qui s'écrivait aussi Kummin ou Kummel, ça signifiait *le cumin de montagne*, ou *la misère*. Recherches d'étudiants, avions-nous conclu tous les deux, fatigués et déçus. Et nous avions abandonné, non pas les recherches, mais les origines.

Le hasard est surprenant même si le bon sens nous rend incrédules. C'est à Baden Baden, dans une brasserie, que nous avons entendu prononcer le nom de Kummel, dans la conversation de nos voisins de table. Marc, sensible à la langue, les a interrogés d'emblée : « *Il me semble que vous avez prononcé le nom de Kummel, je recherche justement une famille qui porte ce nom ; je voudrais retrouver un soldat de la Première Guerre. Je rassemble des pistes…* »

La plus âgée des femmes du groupe, celle qui avait répété le nom fortement accentué, nous communiqua volontiers quelques éléments. Notamment la piste d'un homme d'une famille connue d'eux, Félix Kummel. Ils habitaient Bühl au sud, moins d'une demi-heure, en voiture. Il nous suffisait d'interroger l'annuaire.

— Essayez de rencontrer ce monsieur, il vous écoutera sûrement, je vous laisse une adresse. Il y a beaucoup de Kummel par ici, avait-elle conclu tout aussi gentiment.

Des recherches épuisantes, mais nous étions jeunes et têtus, et nous ne désespérions pas. Et puis, ça plaisait à mon frère, et de conduire, et de mener l'enquête, peut-être aussi d'être avec moi pour une fois et de pouvoir me retrouver de nouveau célibataire ; Marc n'avait pas vraiment apprécié mon mari et j'avais été surprise et vexée, le jour de mon mariage devant sa phrase laconique, tout bas à mon oreille… *Il y a mieux pour toi, tu te trompes, ma sœur, tu te trompes.*

Il parlait de mon choix d'homme. Je m'étais trompée en effet.

Nous avons exploité la piste communiquée par cette gentille personne rencontrée dans ce restaurant de Baden ; Félix Kummel allait nous en proposer une autre…

– *Vous savez, on trouve des quantités de Kummel et de Kummelein qui sont parents ; mon fils, à l'école primaire, a eu un maître qui s'appelait comme vous dites ; écrivez-lui de ma part et il vous dira mieux que moi.*

Marc ne désespérait jamais malgré le peu de temps qu'il nous restait dans nos vacances communes.

Tout le cheminement qui avait suivi s'était déroulé par lettres surtout et par téléphone aussi, quand nous sommes retournés en France. Je laissais faire mon frère qui s'amusait beaucoup à poursuivre des pistes diverses, quant à moi, j'étais défaitiste ; trop d'années étaient passées sur la vie de ces soldats de 14-18 qui nous intéressaient, mais qui se trouvaient à la fin de leur parcours d'hommes, comme ce Tillius sans doute.

Une enquête a ses rebondissements, la nôtre aussi. Marc m'annonça à Noël…

– Cadeau, ma sœur, aux vacances de février, nous repartons. J'ai des Kummelein plein les poches.

Il avait carrément pris contact avec le fils de Félix Kummel, lequel fils s'était pris au jeu, car la recherche d'un de leurs vétérans par des Français encore jeunes l'avait intrigué, puis il s'était mis, de son côté, à interroger, à mener son enquête pour pouvoir nous aider.

C'était, en effet son maître qui s'appelait Kummelein ; un homme de la génération de ma mère, même plus âgé sans doute, d'après les années où il avait été enseignant. Sûrement à la retraite au moment de notre visite…

Je n'avais plus vraiment l'engouement des mois d'été, mais nous sommes retournés en Allemagne une nouvelle fois. J'avais le temps, pendant ces longs trajets, de penser. Pourquoi, je m'intéressais tant à tout cela… Me revenait le leitmotiv de Cecil « let bygones be bygones[44] », quand il voulait couper court à des échanges douloureux. Cecil… Il aurait sûrement aimé pourtant se rapprocher des deux autres soldats, lui qui n'a jamais cessé de croire en cette Europe unie et à un pacte d'amitié scellé à jamais (les mots sont de lui). Il y croit et il me convainc presque.

Nous sommes partis et j'ai bien fait de suivre mon têtu de frère.

Monsieur Reinhard Kummelain avait été enseignant à Bühl et sa famille était bien originaire de Rhénanie, il ne savait rien de la branche paternelle et si peu de son propre père qui était mort du tétanos, c'est tout ce que sa mère lui avait dit de cet homme peu intéressant dont il ne garderait qu'un souvenir vague. Celle-ci, pourtant s'était évertuée à entretenir un lien avec la famille paternelle, mais lequel, il ne pouvait en dire davantage, ne connaissant, lui-même, rien du passé. Je voyais que nous n'étions pas sur une bonne voie à cause de la graphie du nom, mais l'instituteur nous rassura en expliquant le glissement du **e** vers le **a** ou l'inverse, cela arrivait souvent ; une graphie déformée, seulement. Il savait qu'il avait des cousins, notamment une cousine qui avait toujours correspondu avec sa mère ; pour garder un lien, cela grâce à l'intervention du pasteur, toujours ; ils ne s'étaient jamais rencontrés, de temps à autre, la cousine envoyait de France, une carte de son village ; son fils travaillait à Fribourg, cuisinier, un restaurant près du centre… En revanche, Reinhard Kummelain n'avait jamais entendu ni lu le nom de Tillius Kummelein, jamais. Il avait consulté le courrier conservé par sa mère, les dernières années de sa vie.

---

44 Cf. note n° 31, p. 56.

— *Nous sommes cousins, bien sûr, mais on ne se connaît pas vraiment ; faut demander à ma fille, elle doit savoir, elle travaille pour l'hôtellerie. Mais je pense qu'elle m'en aurait parlé…*

Sa fille, pourtant, nous livra une adresse…

— *Essayez toujours, il a peut-être quitté Fribourg.*

Une piste réelle, en effet, dans une brasserie chic de la ville. Il me semblait, malgré ma fatigue intellectuelle du moment, que les recherches ne s'arrêteraient pas là. Mon frère, lui, était, comme toujours, optimiste.

Depuis les cuisines, on appelait le garçon qui nous servait, le maître d'hôtel sans doute au vu de sa tenue ; un homme à peine plus âgé que moi, souriant et délicat, je le dis à Marc qui, je me souviens, m'avait chahutée.

— *Non… pas un Allemand, cette fois, ma sœur !*

Renseignement pris, le nom du serveur était bien Kummelein.

Marc lui avait glissé un mot dans la main avec notre numéro et adresse de l'hôtel où nous logions et lui avait dit à voix basse en allemand.

— *Quand vous aurez le temps, lisez ce qui est écrit. C'est important pour nous, si vous pouvez nous répondre assez vite...*

Nous étions à peine sortis du restaurant que l'homme nous a interpellés dans un français impeccable, quoique fortement accentué ; il s'appelait bien Kummelein et sa famille habitait Hattstatt près de Colmar ; deux mots à peine sur la maison familiale de Langmühle, en Rhénanie ; celle-ci existait encore, mais plus de famille sur les lieux. Il nous donna son numéro là-bas, en Alsace.

— N'hésitez pas à me joindre, j'y suis tous les derniers samedis et dimanche de chaque mois. Mes tantes ont conservé des documents, nous verrons ensemble, peut-être que je peux vous aider… vendredi je rentre, téléphonez à 9 heures samedi de cette cabine, j'y serai ou alors venez directement. En même temps que le numéro, il avait aussi laissé son adresse.

Nous avons appelé Joseph Kummelein à l'heure indiquée et nous sommes allés le retrouver chez lui, enfin, dans sa famille, le dimanche qui suivait. Nous rentrions en France, la boucle allait être bouclée, celle de notre voyage sûrement, celle de la recherche restait encore sans solution.

Sur les lieux, une famille de femmes seulement. Une flopée de femmes, pas jeunes pour la plupart, qui s'affairaient sans parler. Des photos au mur, qui montraient aussi d'autres générations plus récentes. Celle de Joseph avec deux garçons plus jeunes que lui. Ses frères ? Qui avaient peut-être, eux aussi, passé d'autres frontières, depuis l'Allemagne, que celle de la France, comme l'avait fait Joseph lui-même. Leur trace ? Avaient-ils refait, eux, le voyage jusqu' à Langmühle ? Et Joseph ? Et Tillius, le soldat ?

Nous nous trouvions dans une grande ferme aux abords de la petite ville, avec des champs autour et des vignes, beaucoup de vignes. Un tracteur devant la maison avec, à la conduite, une grande femme charpentée, mais très agile... Un visage fermé, qui ne nous regarda pas plus qu'il ne nous salua. Joseph attendait sur le pas de la porte, accueillant, lui. Il avait parlé avec ses tantes de notre demande et celles-ci avaient recherché des photos qui étaient disposées sur la table de la cuisine, bien classées.

Des femmes plus jeunes, dans l'ensemble, que ma grand-mère Clothilde, mais vieillies par une tristesse incrustée au fil des années, me semblait-il, et une lenteur qui disait la fatigue des jours ; elles se rendaient toutefois disponibles pour nous, prêtes à nous renseigner ; mais aucune n'avait le sourire. La plus âgée lâcha durement une phrase sur un ton cinglant...

— *Dites, pourquoi notre famille vous intéresse ?*

Un silence lourd de choses tues régnait entre ces gens qui parlaient encore, nous avait-il semblé, un dialecte allemand, qui n'était pas de l'alsacien. À quel moment de l'histoire s'était fait le transfert de la famille Kummelein depuis leur petit village allemand ? D'après la généalogie, sûrement écrite par un ancien et complétée par l'aînée des deux filles, nous étions en présence de trois générations de Kummelein. En nous attachant aux dates de l'autre siècle, aucun document disposé sur la table ne mentionnait le nom de Tillius, né en 1895 ; et nulle part, la présence d'un quelconque soldat appelé Kummelein. Des cases étaient restées vides après gommage. Je posais la question.

– Je recherche Tillius, vous savez si c'est un homme de chez vous. Mon grand-père Antoine, en France, a combattu en 1914 contre lui à la Première Guerre ; j'ai retrouvé le nom de « Tillius Kummelein, Langmühle » dans le calepin du front, resté dans la musette d'Antoine. Nous sommes venus pour ça.

Plus je parlais, plus le silence grandissait entre nous pendant l'échange. C'est Joseph qui, en alsacien, cette fois, débloqua le dialogue en se faisant l'interprète de l'instant et, soudain, se tournant vers nous…

– *Elles ont rayé Tillius volontairement parce qu'il a trahi et parce qu'il était homosexuel. Rien n'a jamais été simple chez nous, ni aujourd'hui ni avant.*

Puis, lentement, la plus jeune des femmes, celle du tracteur qu'on appelait Julia, parla, en français, cette fois.

– *On a tout enlevé parce qu'il aimait les hommes, mais ses deux oncles approuvaient ça ; ils lui couraient après et ils l'attrapaient toujours et Tillius se taisait ; ma grand-mère le protégeait en l'envoyant chez le pasteur puis un jour il s'est engagé.*

Une autre femme de la famille de Joseph, sans doute la plus âgée des sœurs présentes, mais qui laissait deviner qu'elle avait été belle, enchaîna d'une voix monocorde…

– *Il n'y avait pas que Tillius que les oncles poursuivaient ; nous toutes aussi, même Julia qui était toute petite ; les filles de la ferme, pareil et aussi notre mère et ses sœurs… Quand nous étions encore là-bas, Tillius, de l'étranger, nous envoyait des sous ; il était gentil avec nous. Avec toujours le même petit mot qui accompagnait les pains d'épices :* Cette vie est difficile, il faut partager. *De ça, je m'en souviendrai toujours.*

La femme, Rosa, était la grand-mère de Joseph. Elle s'était tue, car sa fille, une autre Rosa, venait de lui couper la parole dans son message serré ; visiblement attristée par la conversation, alors la vieille Rosa nous avait quittés, accompagnée de Julia, pour reprendre son travail dans les vignes.

La mère de joseph avait ajouté, fataliste, mais reconnaissante...

— *Des secrets, que des secrets, dans notre famille... Je remercie ma mère d'avoir su franchir le pas.*

Puis s'adressant à moi, d'une voix ferme...

— *Il ne faut pas accepter la domination, jamais ! Il faut la fuir tout de suite ! C'est ce que mon oncle Tillius a fait...*

Une pelote de laine qui tombe à terre de très haut et se défile soudain...

Joseph, lui aussi, semblait découvrir avec nous ces éléments de vie si bien tenus cachés. Nous ne sommes pas parvenus à savoir davantage des raisons qui avaient occasionné le passage de la famille depuis l'Allemagne vers la France.

— La Rosa s'est sauvée avec Lore, sa sœur aînée...

Puis, plus gentiment, plus doucement, comme si le fait d'avoir avoué une faute les avait délivrées, Hannah, une autre sœur, handicapée, nous présenta un dernier album photos qui montrait des hommes de forte constitution, portant, pour la plupart, une moustache épaisse à la François-Joseph. Ils se ressemblaient tous dans leur dégaine de paysans ; à leur côté, aussi, des filles maigres et longilignes au visage triste. Toutes avaient la même expression et je lisais sur elles l'attitude de la soumission.

Puis ce fut le tour de Ilse, l'avant-dernière des filles de se manifester. Elle ouvrit une enveloppe qui portait la mention *Till, Frankreich.*

Soudain Tillius, le soldat prisonnier, fut là, entre nous, sur la photo d'une famille nombreuse, à dix ans, puis adolescent, peu avant, en somme, qu'il ne s'engageât aux armées. Je scrutais un visage, qui, contrairement aux autres membres du clan de la photo, souriait presque. Maigre, petit, le garçon ; un regard clair, des cheveux blonds sûrement malgré sa tête rasée ; un garçon roux, c'est ce qu'on nous avait dit en France ; tous les hommes portaient, qui, un sarrau, qui, une blouse, comme s'il se fût agi d'une photo d'un corps de métier. Ils étaient paysans, seulement paysans, mais beaucoup arboraient un instrument, un violon miniature qu'ils tenaient contre eux de la main gauche. Au pied de Tillius, on distinguait, disposés en rangée, des accordéons de petite taille.

Joseph posait des questions lui aussi, il se rendait compte que jamais personne ne lui avait parlé véritablement de sa famille et des secrets qui l'avaient divisée. Une autre sœur, qui ne s'était pas exprimée jusque-là, avait lâché amèrement…

— Dans cette engeance on n'a jamais su de qui on était l'enfant !

Sans âge, elle aussi, elle était visiblement abîmée par une vie de dur travail.

Joseph avait rappelé Julia, la grande femme du tracteur qui, tout naturellement, nous expliqua la mention sur le bout de papier qu'on avait cousu sur la chemise de Tillius et qui portait la mention Langmühle, si loin de là, un bourg dans le Palatinat des forêts. Il en était parti, déterminé à ne jamais y revenir, jamais. Ce qu'il avait fait. Puis la mort, les morts successives, de son père puis de ses oncles, laissant peu de terres pour vivre, avait soldé définitivement la maison allemande de là-bas en engloutissant les anciens qui y étaient restés. Hattstatt était le lieu en Alsace où se trouvait la ferme des vieux Schnederlin. Il n'était resté à Tomi et Anna Schnederlin qu'un neveu Maurice, qui était né de mère française à Belfort et donc français lui aussi. Maurice avait étudié en France. Et par la suite combattu pour la France. Il était toujours venu chez ses oncle et tante qui vivaient en Alsace, alors allemande, puis redevenue française, pour y passer des vacances, Tomi et Anna, ne voulant pas abandonner leur ferme, étaient restés de « l'autre côté » avec beaucoup de peine, d'autant que le frère de Tomi, lui, avait choisi de s'éloigner du sol natal pour rester français. À la fin de la guerre, en 1918, Maurice s'était retrouvé du côté de Mayence, au titre des réparations de guerre, dans les troupes françaises qui occupaient la Sarre et pas seulement. Hébergé une semaine à la vieille ferme des Kummelein, il avait connu Rosa, la troisième fille du clan.

Celle-ci épousa Maurice Schnederlin, cet ultime descendant, d'une famille alsacienne qui avait aussi perdu deux fils dans les combats… Rosa Kummelein refusa toujours de prendre le nom de son époux, un accord entre eux ; il lui donna une fille, appelée Rosa comme elle ; celle-ci conserva, à son tour, le nom allemand de Kummelein ; elle éleva Joseph, écrit dans la graphie française et non avec un F final, sans le père de celui-ci que Joseph avait à peine connu. Elle garderait, comme l'avait fait Rosa, sa mère, le nom d'une famille éparpillée pour qu'on pût s'en souvenir et surtout parce que son grand-père et sa grand-mère s'appelaient tous les deux Kummelein… Par respect seulement pour cette grand-mère allemande qui avait tant souffert.

Je me rendais compte d'une chose ; dans les déplacements de populations, quand on part de son pays, on garde toujours une trace, même infime, de ce qu'ont été les nôtres. Rosa, épouse Schnederlin, avait voulu conserver le nom de Kummelein, il ne restait que ça, le nom, même entaché de souvenirs douloureux, de consanguinité, car il était celui de sa mère aussi, avant toute chose. Rosa n'avait pas vu Maurice en sujet arrogant d'un pays vainqueur, elle savait que c'était un brave homme et qu'elle avait découvert en lui des valeurs à enseigner aux petits qui viendraient. Si, à Hattstatt, on jasa un temps sur ses motivations, on finit par adopter l'Allemande, car ce fut elle qui sut faire fructifier le bien que Maurice lui apporta en mariage. Une femme, Rosa, qui avec ses sœurs travailla dur une vie entière. La ferme prospéra comme jamais sa famille avait su le faire pour conserver la terre de leurs origines à Langmühle.

Un clan, celui des Kummelein, passé d'Allemagne en Alsace française. Jamais on ne sut pourquoi les sœurs avaient suivi Rosa. Une autre boucle que l'on avait refermée, il n'y avait pas si longtemps, au fond...Tant de précisions, de détails et de récits émouvants, ce matin-là...

L'histoire des Kummelein s'était déroulée sans Tillius toutefois.

IV – ÉPILOGUE
Compléments. Septembre 2011

J'ai terminé la relecture de ce récit que j'ai commencé à rédiger il y a longtemps ; Cecil s'en était allé, après une lente agonie, au début de l'année 1971 de ce siècle ; c'étaient les mots pudiques de Marga... J'avais alors trente et un ans. J'avais divorcé au printemps ; un détail... Ma seule douleur, silencieuse, venait de Cecil que je n'allais plus jamais serrer contre moi...

Antoine, mon grand-père, nous a quittés, à son tour, l'été 1978, pendant que se déroulait une cérémonie patriotique sur la place du village, pas le sien d'origine, mais le sien depuis longtemps tout de même. Par amour pour sa femme, il avait finalement adopté la Provence.

Tillius, à 82 ans, avait été pasteur toute une vie, toujours dans l'est de la France puis à Strasbourg ; Joseph m'avait parlé de la paroisse de Saint-Pierre le Vieux, une paroisse mixte de bonne volonté, avait-il ajouté. À la fin de sa vie, Tillius avait écrit à sa nièce Rosa d'aller dans l'Oise, quand le moment serait venu, pour y disperser ses cendres sur les lieux mêmes de ces combats de la Marne, où, dans un temps de grand malheur, c'étaient ses paroles, il avait fait danser les troupes épuisées. Les deux Rosa, mère et fille, étaient parties là-bas, sans jamais le dire à leur famille.

Avec Marga, la fille de Cecil, nous avons fait, au printemps, le voyage jusqu'à Brégy et, à pied, la marche vers Bouillancy une plaine-plateau où s'étaient passés les faits de l'histoire que j'ai souhaité raconter. Nous avons longé des champs de betteraves qui se déroulaient à perte de vue. Fait ce voyage, moins par curiosité – que pouvions-nous découvrir de plus que des tombes et des monuments aux morts ? –

mais par respect pudique pour ces hommes de chez nous qui avaient eu la chance de survivre.

Quant à « l'effronté » de la Marne, nous l'avons découvert au fond de l'immense entrée du château du village, devenu maison d'hôtes ; chaque personne, qui en a l'envie peut, en entrant dans le hall où quittant les lieux, jouer quelques notes… Le mécanisme l'aidera. Une polka, une valse, qui sait… Il aura tant aimé toutes les formes de la joie. Un officier allemand de la Deuxième Guerre l'avait fait réparer, chez lui, puis l'avait raccompagné lui-même jusqu'en France et offert au village de Brégy, dans l'Oise. De même qu'il avait fait graver une petite plaque de pierre blanche à opposer, il le souhaitait, sur un mur du village pour le passant, qui voudrait comprendre…

J'ai joué pour la troupe une nuit de septembre 1914, au début de la guerre des hommes.

Pour moi, que le soldat Cecil Chapman avait toujours appelée Lill'gal avec douceur, des enfants et un deuxième mariage, qui n'allait plus me satisfaire bientôt.

Je suis resté fidèle à cet homme que j'ai tant chéri, une vie entière, sans toutefois me cantonner dans un souvenir pieux qui aurait chassé d'office les hommes du parcours qui allaient s'y trouver ; oh pas d'une fidélité générée par une éducation stricte qui venait en bonne partie des enseignements de l'Église et de l'État conjugués, mais plutôt d'une douce reconnaissance qu'on pourrait aussi appeler amour… une reconnaissance, que l'on garde toujours en soi, au tréfonds, sans jamais en livrer la teneur, à quiconque.

Je ne suis pas tombée dans l'extraordinaire, j'ai seulement aimé, dans un temps de ma jeune vie, d'une manière absolue et patiente, un homme qui selon moi ne vieillirait pas.

Bien sûr que Cecil avait remplacé mon grand-père quand, démunie un peu tout de même, je m'étais retrouvée, adolescente, seule dans l'Angleterre des années soixante, celle des Beatles…Bien sûr… Je sais pourtant que la vie se moque des rôles qu'on nous impose et qu'elle est pleine de douceur quand, sur scène, on dit un autre texte que celui que tous attendaient. Les Beatles le savaient bien ces années-là en créant presque pour nous la chanson *When I'm sixty-four*…

When I get older, losing my hair, many years from now, will you still be sending me a valentine…[45]

[45] « When I'm Sixty-Four. », *Sgt Pepper's* album, The Beatles, 1967. Paroles françaises en annexe.

Ici s'arrête le texte de Zabé, ma grand-mère Isabelle Eyriès. Les notes de bas de page, c'est elle-même qui les a ajoutées sur son cahier noir.

POSTFACE DE CLARA

Dans l'année qui a suivi la mort de Zabé, il y a deux ans, j'ai fait la marche, comme ma grand-mère l'avait faite avec Marga, en 1978.

Sac au dos sur les fronts de la Marne, partant des lieux de l'Oise que met en scène celle-ci dans son récit.

Sur tous les fronts, ensuite.

Un été entier de cheminement depuis la Marne en Champagne et jusqu'à l'Argonne, puis à Verdun et le chemin des dames dans l'Aisne ; la Somme de Cecil aussi.

Nous imaginions ainsi la lente marche des soldats que ceux-ci faisaient le plus souvent à pied, avec en tête, pour eux, ne pas mourir, ce jour-là… *Aie pitié seigneur, je n'ai pas vécu et les miens m'attendent !*

Twiggy, la plus jeune des filles de Terence et petite-fille de Cecil Chapman, qui a huit ans de plus que moi et avec qui, sur Facebook, je corresponds, avait voulu m'accompagner. Je l'avais alors retrouvée à Roissy et de là nous avions pris la route.

Une belle idée en tête : un hommage aux anciens dont on ne parlerait vraisemblablement plus désormais, après 2018 qui marquait la fin du Centenaire, mais aussi la découverte de ce piano noir mécanique qui avait joué sur le front et qui nous intriguait ; comme si nous avions mis en doute ce que les morts avaient vécu, puis écrit. Nous ne doutions pas de cela, mais l'homme a besoin de vérifier de lui-même, toujours.

Un soir de la fin de ces vacances-là, passées ensemble, et où nous avions marché plus que d'habitude, nous venions d'atteindre la maison d'hôtes réservée pour la soirée, Twiggy s'est arrêtée net, m'a regardée et a déballé d'un trait ses dernières pensées…

— Tu sais quoi, on a le côté anglais et le côté français, mais rien ou si peu du soldat allemand, tu ne veux pas qu'on continue ?

Je l'ai écoutée dans ses arguments et, en riant, nous nous sommes embrassées comme des petites filles que nous n'étions plus.

Puis, sérieuse, elle a dit…

— L'an prochain, même période, on prend un avion jusqu'à Strasbourg, j'ai regardé, c'est le plus court, de là on loue une voiture et on se retrouve à Langmühle. Sur place, on aura une clé sur le parcours de l'allemand ou pas.

Son projet était construit, et puis j'appréciais chez cette fille la détermination et le culot aussi ; rien ne l'arrêtait ; elle se débrouillait dans toutes les langues pour avoir parcouru la terre et eu déjà mille vies à trente ans, c'est ce qu'elle disait.

Son idée était tentante, j'allais la suivre.

Un an après, nous étions en Rhénanie.

Chacune de son côté avait pris des repères et avait écrit pour demander des renseignements. Nous avions aussi eu des contacts là-bas, pour rencontrer le pasteur de la ville. Nous refaisions en somme, mais en allant plus loin cette fois, le parcours de Zabé en compagnie de ses deux soldats.

J'ai toujours pensé que Twiggy n'avait rien su de la liaison particulière entre ma grand-mère et son trisaïeul, Cecil Chapman ; pas le genre de choses que l'on rapporte dans les familles, sauf si l'on veut nuire…Trop loin, tout ça, et puis, spontanée comme elle l'était, elle m'en aurait parlé avant. Je me suis tue…

Cecil et Antoine étaient morts depuis presque 50 ans déjà, à peu près le même temps qui séparait les faits relatés du début des premières notes de Zabé. Si Tillius, le soldat allemand, avait vécu plus longtemps que ses copains, ennemis d'infortune, il pouvait être mort dans les années 1980-1990 du vingtième siècle, je n'imaginais pas une date au-delà. Je me demandais, en raisonnant, car notre projet me paraissait insensé, qui, sur place, allait encore pouvoir nous apporter de l'aide. Mais Twiggy, elle, fonçait, bien déterminée.

Et la persévérance de ma copine anglaise eut raison de toutes mes hésitations.

Nous avons en effet glané une multitude de petites choses, le plus souvent inutiles, pourtant il avait suffi de rien. Au bistrot, avant d'aller nous coucher, on avait pris l'habitude de prendre une bière et là on parlait, du moins, Twiggy parlait. Le nom de Kummelein n'était pas inconnu dans le bourg ; plusieurs hommes, la bonne quarantaine, s'interpellaient entre eux pour nous aider et parce-ce que le soir, sûrement, la bière aide toujours à mieux voir les jolies filles qu'à leurs yeux, nous étions.

L'un d'entre eux, plus âgé et plus renfrogné, dans une économie de mots, avait lancé...

– Le vieux au temple qui aidait les handicapés et les fous, ça me dit bien ça... vieux de vieux, mais bonhomme, le gars. Il faisait chanter tout le monde et danser aussi. Il est mort de mort, enterré et dissous. Il a sa plaque au temple, voyez le pasteur, ils se connaissaient bien avec le vieux Kummel.

Lui n'avait pas parlé pour nous faire plaisir, mais parce qu'il savait la vie dure des pauvres et des démunis et qu'il avait envie de dire que ça existe, des types bien. C'était tout. Quand il avait quitté le bar, nous avions compris qu'il disait...

– Voyez le cimetière aussi, si les riches n'ont pas labouré par là-bas !

Au cimetière, enfin, dans une partie qui avait dû être, sans doute, un carré protestant avec de vieilles pierres tombales disséminées, à même la terre, nous avons fini de chercher. Un moellon minuscule fait de marbre rose était là ; la gravure noir délavé résumait une vie à des dates...

Kummelein Tillius, Jakob. 1895-1981
Ich war ein guter Hirte.

Quelques mots sobres qui disaient simplement que le soldat allemand de la Première Guerre avait été un bon pasteur…

Dans le silence intérieur qui était le nôtre, nous nous étions attachées au côté dérisoire du parcours des hommes ; et pour lui, il nous semblait que ces mots — les siens ? Pas les siens ? — étaient, manifestement, d'une justesse indéfectible.

Tillius était rentré chez lui finalement pour y mourir, en menant jusqu'au bout sa tâche d'homme de bonne volonté. Cecil et mon vieil Antoine de trisaïeul n'en sauraient jamais rien ; ils auraient seulement partagé, indirectement, quelques moments de plaisir, un soir de la Grande Guerre des hommes, plus de cent ans en arrière.

Quant à Zabé, c'est bien cette intuition qui a toujours animé ma grand-mère, qui lui a fait probablement terminer son récit, l'année même de la mort de Tillius Kummelein, en 1981. Aura-t-elle perçu que, longtemps après la fin de la vie de ceux qu'elle a aimés très fort, deux mains amies ont dispersé un matin, là où ses cendres ne sont pas, une poignée de marne argileuse de France sur la terre natale du vieux soldat ennemi un temps dans la guerre des hommes.

Et eux, les trois soldats de L'Ourcq, ont-ils entendu les notes de mon accordéon et celles du violon de Twiggy qui se sont accordées ce matin-là d'avant l'automne d'un siècle qui n'était pas le leur, l'espace de cette valse à Joséphine[46] d'un autre temps ?

Tout était à sa place humaine désormais. Seulement celle-là…

---

[46] Josephine's waltz ; folklore celte.

Références

Je me permets quelques ajouts au texte de ma grand-mère Zabé, en complément de ce qui est noté dans la préface.

Ma grand-mère m'a enseigné à ne pas mentir, de chercher la vérité au plus près ; selon elle, on peut cacher des choses ou ne pas en parler, mais cela ne s'appelle pas mentir.

En ce qui concerne son récit, j'ai vérifié de très nombreuses données, mais, sur cette nuit particulière de septembre dont il est question dans l'histoire racontée, sur le piano également, je n'ai trouvé que très peu d'éléments si ce n'est l'aquarelle de Georges Bruyer et la lettre qu'il a écrite à ses parents les jours qui suivirent ce temps du front, en septembre 1914. Une exposition des aquarelles de ce peintre aura lieu cette année à Meaux, en mars, au musée de la Grande Guerre, si la crise sanitaire le permet.

1 – L'aquarelle de Georges Bruyer, *Le piano de Brégy*, a été publiée dans *L'Illustration* numéro 3779 du 7 août 1915, accompagnée de la lettre du soldat. Le tableau est devenu propriété de l'État français. Il appartient aux collections de La Contemporaine, anciennement BDIC, sous le nom *Le piano mécanique sur la route de Brégy à Bouillancy (Oise), pendant la bataille de la Marne. En septembre 1914.*

Il a été présenté au Jeu de Paume, à Paris, du 20 mai au 20 juillet 1915, lors de l'exposition nationale des œuvres des artistes tués à l'ennemi, blessés, prisonniers et aux armées.

Ce que l'on y voit est peu distinct, mais aide à la bonne compréhension de ce que dit le peintre à ses parents dans le mot qui accompagne l'aquarelle.

Un soir, le ciel rouge des feux de combats incessants, et des soldats en grand nombre ; certains dansent entre eux. L'ombre sur la gauche en contient beaucoup d'autres encore, les soldats britanniques ne sont pas loin, maintenus peut-être dans cet espace flou. Au milieu, au fond, se distingue un gros objet de dos qui ressemble à un piano. Un soldat semble activer une manivelle sur le côté de l'instrument.

L'aquarelle est de petite taille, longue et étroite ; les couleurs du peintre, sombres et cramoisies, nous font éprouver le désarroi qui règne cette nuit-là sur le champ de bataille. Seule l'amorce de la danse mise en évidence apporte une touche de sérénité au cadre.

2 — La chanson des Beatles, « When I'm Sixty-Four » de 1967, dit, en français, à peu près ceci :

Quand je serai plus vieux et que j'aurai perdu mes cheveux, ce sera dans longtemps, tu continueras à m'envoyer une carte pour la Saint-Valentin ? Tu auras encore besoin de moi ? Tu seras vieille toi aussi, je pourrai rester avec toi, quand j'aurai soixante-quatre ans ? Donne-moi ta réponse, la mienne t'est acquise pour toujours…

Notes de Clara

Voici aussi quelques dates concernant les familles du récit de ma Grand-mère, qui peuvent éclairer celui-ci.

Famille 1, la mienne :

Antoine est mon trisaïeul, il est né en 1889 ; en 1914, il a 25 ans. Il meurt en 1978, à 89 ans. Sa femme s'appelle Clothilde.

Mon arrière-grand-mère, Edmonde (Monde) est née en 1918 ; elle a 22 ans quand Isabelle dite Zabé, sa fille, naît, en 1940.

Zabé, ma grand-mère a 38 ans, quand elle commence son récit. Elle est morte en 2017 à 77 ans.

Ma mère, Joëlle, est née en 1964 et moi, en 1994.

Famille 2, celle de Cecil :

Cecil Chapman est né en 1897 ; en 1914, il a 17 ans. Il est mort en 1971 à 74 ans. Marié à Meg (1900-1946)

Sa fille Marga est née en 1921. Mariée à Ron. Elle a un fils, **Terence,** né en 1939, et deux filles plus jeunes.

Lui-même a une fille, née en 1986, **Twiggy** et des garçons.

Famille 3, celle de Tillius : Tillius Kummelein est né en 1895, en Allemagne, en Rhénanie-Palatinat ; il a 19 ans, en 1914. Il est le 3e garçon d'une fratrie de 9 enfants. De petite taille et chétif, il est battu par son père ; peu docile et fugueur ; la fille du pasteur lui enseigne la musique, seule activité où il obéit volontiers.

LES TEMPS DU RÉCIT

Première période : France	
5-10 septembre 1914 :	Antoine, né en 1889, Tillius, en 1895, Cecil, en 1897. Bataille de l'Ourcq et de la Marne
Deuxième période : Angleterre, Sussex	
1955-1963	Séjours d'Isobel (Zabé)
Troisième période : Allemagne, France	
1963 et 1965 1970 et 1971 1978 1978-1981 2011	Voyage de Zabé, Antoine et Cecil Voyage de Zabé et de Marc Voyage de Zabé et de Marga Récit de Zabé Relecture, ajouts de Zabé
Aujourd'hui : Allemagne, France	
2017 2018 et 2019 2021	Mort de Zabé Voyages de Clara et de Twiggy, petites-filles de Zabé et de Marga. Préface et postface de Clara, 27 ans

ARBRES DE FAMILLE

FRANCE Franche-Comté et Provence	ANGLETERRE Londres et Sussex	ALLEMAGNE-FRANCE Rhénanie-Palatinat et Alsace
Familles BERTILLET-EYRIÈS-FEUILLADE	Familles CHAPMAN-TAYLOR	Familles KUMMELEIN Mère et père Kummelein 2 frères du père
-Antoine (1889-1978) + Clothilde (1896-1951)	-Cecil (1897-1971) + Meg (1900-1946)	FRATRIE DE TILLIUS : -Rudy et Jan (1891-?), enfants retardés -Lore (1893-1946) -Tillius (1895-1981) -Hannah (1896-handicap) -Lena (1897-1898) -Rosa 1 (1899-1988) + Maurice Schnederlin -Ilse (1904) -Julia (1908)
-Edmonde (1918-1970), mariée à Pierre Eyriès	-Marga (1921-) + Ronald Taylor	-Rosa 2 (1918), fille de Rosa 1 -3 fils
-Isabelle (1940-2017), signe de son nom de jeune fille Eyriès ; a un frère, Marc.	-Terence Taylor (1939) et 2 sœurs	- Joseph (1937)
-Joëlle, sa fille et mère de Clara (1964-) mariée Feuillade	-Twiggy Taylor (1986) et 2 frères	
-Clara Feuillade (1994) + 1 frère + 1 sœur		

REMERCIEMENTS

à l'œil bienveillant, mais sans complaisance de ceux qui ont lu et relu le manuscrit et m'ont aidée à lui apporter, après discussion, des précisions intéressantes ; celui de Pierre et d'Andrea,

aux soldats toujours, grâce à leurs cartes et lettres de la traversée de la Première Guerre qui m'ont touchée, informée, renseignée, rendue plus curieuse ces cinquante dernières années,

aux soldats-écrivains, Pergaud, Genevoix, Giono, Barbusse et tant d'autres, dans leurs témoignages écrits,

à l'historien contemporain, spécialiste de la Première Guerre mondiale, Jean-Yves Le Naour,

au site remarquable Chtimiste.com,

aux énormes (presque 6 kg chacun !) *Albums de la guerre 1914-1919* de *L'Illustration* (1929),

et aussi *Le panorama de la guerre de 1914-1915* (Société d'éditions et de publications – Librairie Jules Tallandier, Paris),

à Madame Johanne Berlemont, responsable du service de la Conservation au musée de Meaux, pour ses précisions sur le cheminement de l'aquarelle de Georges Bruyer.

Élisabeth Fabre Groelly, 2021

Bibliographie

Huit ouvrages publiés, dont trois polars ou noirs :
Retour en terre sèche, éd. Murmure des soirs, Belgique ;
À Grand-Rhône, éd. Jean-Marie Desbois, France ;
La maison de Bouc…que Pierre a bâtie chez Signum Graphic, France.

Deux récits ;
Et la Piave murmure/ Il Piave mormora ancora : (ouvrage bilingue), publié en Italie par Conti Editore de Morgex.

Chez Signum Graphic :
Vous êtes d'où ? De Bouc, ça s'entend ?

Chez Nombre7, éditeur de Nîmes, trois ouvrages :
Les épuisements en 2019.
Ma Grand' de Noël en 2020.
Paroles de l'attente en 2021.

Prix d'écriture (Suisse, Belgique, France et Italie) et conférences.

Dans la même collection

Clélia — Giuseppe Garibaldi — traduit par Yves Branca — 2010
Dernier Combat — Nathan Saint-Cames — 2013
Entre-deux France — Nathan Saint-Cames — 2013
Sainte Rita de Cascia — Marie Allain — 2013
Madeleine, ou la parole volée… — Nicole Parlange - 2016
Matricule 50820 — Daniel Braud — 2017
Le Chant de Lyvia — Denys Leypold — 2017
La Mystérieuse Kathleen Newton — Gerard Poteau — 2017
Les Larmes de la colombe — Peter Bervore — 2018
Le Sang des uniformes — Denis Leypold — 2018
Gévaudan — Petites histoires de la grande bête — B. Baud'huin & A. Bonet — 2018
Archélaos — Christophe Aubin — 2018
Rudolph Valentino, un amour d'antan — Dominique Choulant — 2018
La Quinzième arche — Daniel Braud — 2018
Un Coquelicot au paradis — Patrice Woolley — 2019
La Vigne maudite du Pont-Charrault — H-Pierre Troussicot — 2019
L'acheteur de laine — Nicole Parlange — 2019
La vie de Violette — Jean-Pierre Paumier — 2019
L'Aigle et la Créole — Gérard Poteau — 2019
Elisa Bison Blanc — Marie-Pierre Hage — 2019
C'est là que j'veux m'asseoir ! — Hanry-Pierre Troussicot - 2019
De gary à Ajar, le voyage de Romain — Valery G Coquant — 2019
Le clos — Pierre Jacquemot — 2020
Tétranébreuses Tome 3 — Marie-Antoinette — de Marie Play-Parlange — 2020
La Trahison du Citoyen Fouché — Patrick Guichet — 2020
Enfin ! Le dénouement de l'affaire Dreyfus — A. Par-lange & V. Raude — 2021
Quand le vent soulève les coiffes — T1 & T2 — B. Delarue & L. La-pointe — 2021
L'Aube du diable — Arnaud Zuck — 2021
Nivôse — An X — Olivier Chartier — 2021
La confrérie de l'echelle — Eric Lambert — 2021
Le tondeur de drap — Michèle Andrieux — 2021
La moustache d'Hitler—- Anne Wernet — 2021

TABLE DES MATIÈRES

Cet ouvrage a été mis en page par Ex Æquo

Élisabeth Fabre Groelly

Accordements

Une valse en trois temps

Récit historique

ISBN : 979-10-388-0158-5
Collection : Hors-Temps
ISSN : 2111-6512
Dépôt légal : juin 2021

Éditions Ex Æquo
6 rue des Sybilles
88370 Plombières Les Bains
www.editions-exaequo.com

Ce livre a été imprimé en France
par l'imprimerie ICN à Orthez (64300)
sur des papiers français
et dans le respect des règles environnementales.